COLLECTION « SCRIPTA BREVIA »

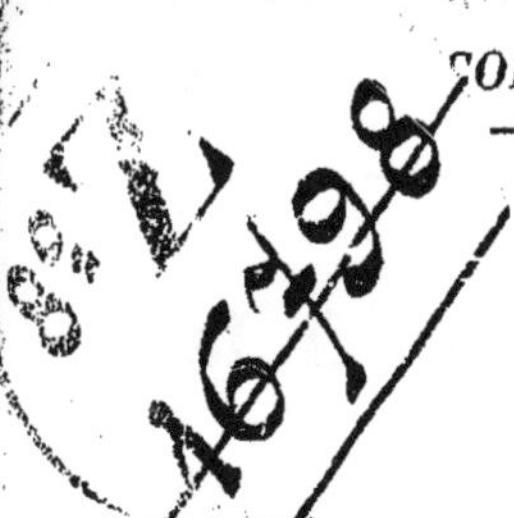

PÉLADAN

LE SECRET DES CORPORATIONS

La Clé de Rabelais

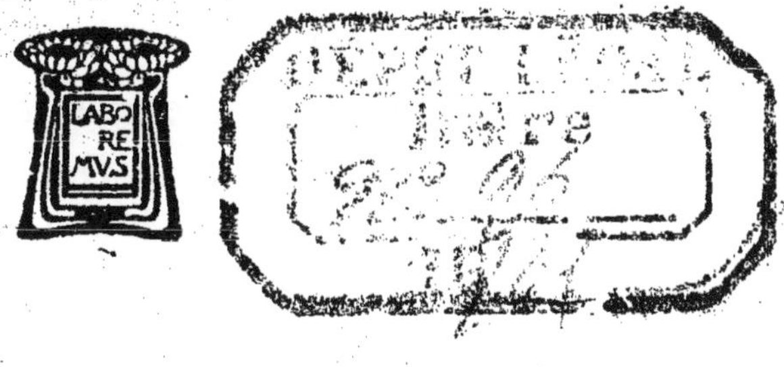

PARIS
BIBLIOTHÈQUE INTERNATIONALE D'ÉDITION
E. SANSOT et Cie
53, Rue St-André-des-Arts, 53

1905

Librairie E. SANSOT & Cie, Éditeurs
53, Rue Saint-André-des-Arts. — PARIS

Collection in-12 couronne à 1 fr. le vol.

MAURICE BARRÈS. *Huit jours chez M. Renan*, suivi de *Le Regard de M. Renan*. 7e édit... 1 vol.

— *Les Lézardes sur la Maison*............ 1 vol.

— *Quelques Cadences* 1 vol.

— *Ce que j'ai vu à Rennes*. 1 vol.

— *La Vierge assassinée*. 1 v.

— *De Hégel aux Cantines du Nord*........... 1 vol.

HENRY BORDEAUX. *Deux Méditations sur la Mort*........... 1 vol.

HENRI BREMOND. *Le Charme d'Athènes*. 1 v.

GOMEZ CARRILLO. *Quelques petites Ames d'ici et d'ailleurs* ..... 1 vol.

P. DE BOUCHAUD. *Étapes Italiennes*.. 1 vol.

JEAN LORRAIN. *Heures de Corse*... 1 vol.

PELADAN. *La Dernière Leçon de Léonard de Vinci*. 1 vol.

— *Origine et Esthétique de la tragédie*........ 1 vol.

MAURICE DE GUÉRIN. *Le Centaure* suivi de *la Bacchante*, précédé d'une notice par EDMOND PILON. 1 vol.

EUGÉNIE DE GUÉRIN. *Reliquiæ* avec une notice par EDMOND PILON 1 vol.

Châteauroux, imp. et lith. BADEL 74

LA CLÉ DE RABELAIS

PETITE COLLECTION « SCRIPTA BREVIA »

PÉLADAN

LE SECRET DES CORPORATIONS

La Clé de Rabelais

PARIS
BIBLIOTHÈQUE INTERNATIONALE D'ÉDITION
E. SANSOT et Cie
53, Rue St-André-des-Arts, 53

1905

ARGUMENT

L'art antérieur à la Révolution présente toujours une moyenne de beauté qui rend intéressant et valable le moindre objet.

A défaut de génie et de talent, il y a maîtrise, c'est-à-dire méthode.

Aujourd'hui, il n'existe plus d'art, il n'y a que des artistes d'un individualisme exaspéré.

J'ai étudié successivement en quatre chapitres :

D'abord, Le secret de maîtrise, *tel qu'on peut l'évoquer, faute de textes explicites.*

Ensuite, le fameux Songe de Poliphile *qui fut le manifeste esthétique de la Renaissance.*

Après, Les songes drôlatiques de Rabelais *qui montrent le rôle poli-*

tique et pamphlétaire du dessin, jusqu'à la fin du XVIe siècle.

Enfin, Le Pantagruel, *qui est l'œuvre littéraire parallèle au* Songe de Poliphile *et sa version française.*

Malgré leur brièveté, ces monographies touchent curieusement, ce semble, aux obscurités de la Renaissance et de l'humanisme et peuvent indiquer aux chercheurs des voies encore inexplorées.

L'évolution artistique n'est jamais indépendante des doctrines : par un lien mystérieux les idées s'incarnent dans les formes ; et l'histoire des arts sera, un jour prochain, la grande histoire.

PÉLADAN.

I.

LES SECRETS CORPORATIFS DES ANCIENNES MAITRISES

Un ministre disait récemment dans une circonstance officielle, ces curieuses paroles: « Sous la troisième République, l'art et l'industrie se sont réconciliés. » — Comment se nomme le trope, hyperbolique et nouveau, qui donne le désir pour la réalité ? Ce désir est sincère. L'État y tend de toutes ses forces. A peine l'exposition du meuble fermée, le Conservatoire des Arts et Métiers s'entrouvre pour montrer ses produits. Il y a un musée, une école nationale, quatre écoles municipales, pour les arts décoratifs. Les salons annuels se compliquent de véritables magasins d'ornements; les concours se multiplient et aucune époque n'a tant souhaité et mérité, par conséquent, des ouvriers d'art Ce souhait, quoique fils de la politique, exprime un besoin de beauté. « L'art pour le peuple, à défaut de l'art par le peuple », a-t-on dit. La cathédrale réalisa ce sublime et mystique mariage du beau avec la foule. Aujourd'hui le problème paraît insoluble : la Révolution n'a pas déchiré seulement des titres de noblesse, elle a englouti d'autres privilèges, ceux mêmes de l'ouvrier. Les aristes sont revenus de l'émigration, les décorateurs ont été emportés par le cyclone ; et l'art industriel arrêté brusquement dans le style Louis XVI, depuis un siècle n'a pas donné signe de vie. Le condottiere Buonaparte ne voyait pas la forme de son épée ; et le musée d'artillerie étale les armes hideuses des guerres impériales. Quant au mobilier d'un Compiègne, il succède dignement au genre Louis-Philippe. Le néo-romain eut pour père le peintre David qui, le crayon à la main, dans les cours de la Force, le 3 septembre 1792, disait : « Je saisis les derniers moments de la nature dans ces scélérats. » Le pastiche maladroit de Pompéi, d'une archéologie d'horloger, inaugura le XIXe siècle. Comment nommer cet « art nouveau » impuissant effort de perversité mercantile où la forme féminine avilie par les stigmates du vice, se traîne comme une larve de décomposition, sur le produit pharmaceutique et sur le bijou, aux couleurs de l'affiche et aux galbes du meuble? Comment qualifier cet art où se joignent la main dangereuse du voyou et la main tremblante de l'érotomane, et qui semble la collaboration de l'alcoolisme prématuré et de la débauche sénile? La petite femme, telle que Montmartre la produit, envahit jusqu'à la monnaie, jusqu'aux médailles, et personne ne s'aperçoit que la tête de la République, sur la pièce d'un sou, figure l'étourderie; elle eût paru jadis une effrontée. « Paris, comme Athènes, est peuplé de statues », dirait M. Prudhomme ou son terrible fils Bonhomet; tel, ce curé qui répondait à une lamentation d'un fidèle : « Mon cher monsieur, mon église est toujours pleine. » En effet, chaque semaine, une chose de marbre ou de bronze, se dresse dans un square, et les messes d'une heure sont suivies. L'homme sans culture, qui ignore l'histoire et l'art, peut être fier de son temps. Celui qui pense s'inquiète, en face d'une décadence si officielle, si régulière, si assise.

L'esthétique commença, en Angleterre et en Allemagne, aux confins du XVIIIe siècle ; elle resta métaphysique avec Lessing et Kant. Etait-ce la définition du beau par Schopenhauer qui pouvait influer sur les artistes : « L'objectivation de la volonté par une pure manifestation dans l'espace ! » Non, certes ! D'autres propos plus compréhensibles furent tenus et par des écrivains fort différents ; les Goncourt, des gentilshommes d'une sensibilité maladive, et M. Zola, d'une insensibilité rurale, les uns ayant les Boucher pour antiques et l'autre Manet pour Raphaël, enseignèrent aux artistes déjà débauchés par le paysage, le tableau de genre et la nature morte, qu'il fallait représenter son époque, hommes et choses ; que c'était le but de l'art, le moyen sûr de l'originalité. « Les grands maîtres n'ont pas fait autre chose ! » Pour l'homme illettré, ces perturbateurs avaient raison. Dans sa fresque de l'Antéchrist, Signorelli ; dans leurs tableaux sacrés même, Lippi et Botticelli ; à la librairie de Sienne, Pinturicchio ; et pour l'histoire de saint Georges, Pisanello, représentèrent les hommes de leur temps. Alors on ne portait ni chapeau haut de forme, ni pantalon, ni pardessus-sac ; le jeune homme était en blouse courte et en maillot ; et l'homme mûr, en vêtements amples et nobles. M. Béraud a certainement cru imiter Piero della Francesca en remplaçant sur le Calvaire les soldats romains par des gardiens de la paix, et Piero di Cosimo ou Giorgione, en donnant pour cadre à la Madeleine un cabinet particulier.

En sculpture, je n'oserais pas parler des scandales récents ; je ne montrerai que la Jeanne d'Arc de

Saint-Augustin et celle de la place des Pyramides, œuvres honnêtes où les règles ne sont pas volontairement méprisées. Devant ces deux demoiselles travesties, je demanderai qui reconnaît la grande Pucelle, messagère de Jésus, roi des cieux, l'ange visible de la plus noble race qui soit au monde! Est-ce à dire que les deux sculpteurs ne sentaient pas la divine Lorraine? Non, ils ignoraient simplement comment le mot héros ou héroïne s'écrit en plastique; ils ne savaient pas leur art. Un dernier exemple et qui montrera l'inconscience des architectes. Au Grand Palais, quel ornement, insatiablement répété, court le long de l'édifice: le pot-à-feu de l'Institut? Au Grand Opéra, la lyre qui devrait être unique et colossale sert de grillages à toutes les baies secondaires.

Il résulte de ces remarques qu'on pourrait multiplier sans fin, que l'artiste contemporain ne sait plus les règles esthétiques. Or, ce que l'architecte, le peintre dit d'histoire et le sculpteur de l'Institut ne peuvent faire, la démocratie, confiante en elle-même, l'attend de l'ouvrier !

L'État abandonne l'art à l'initiative individuelle et rien ne montre l'anarchie esthétique où nous sommes comme les concours officiels. A la mairie de la Villette, les peintures représentent le canal Saint-Martin ; ailleurs, dans la salle des mariages, une toile de dix mètres carrés reproduit le maire et une noce ; autre part, on voit les litres vides et les papiers gras, sur le talus des fortifications. N'est-ce pas se moquer du peuple et de l'art à la fois ?

Le plaisir esthétique ne peut naître que d'une représentation idéale qui enlève le spectateur aux images journalières. Aucun ouvrier n'a pu lire l'*Assommoir;* son instinct repousse la vulgarité, il aime les nobles sentiments, les grands mots, les vertus héroïques ; et, en cela, il est supérieur aux gens du monde qui veulent voir leur insipide photographie et entendre une phonographie de leur parlage. Le drame s'est réfugié dans les théâtres de quartier; là, les mousquetaires espadonnent et manifestent le génie français qui, devant une bonne action, s'élance comme Achille à Scyros, sur la vue de l'épée. Il ne faut pas croire que le travailleur manuel soit dupe et qu'il prenne la peinture réaliste pour du grand art : il sait que la paresse et l'impuissance seules ont fait descendre le tableau, de la nue dans la rue ; et qu'il est autrement difficile de peindre un ange qu'un débardeur.

Il y a, à cette heure, sur les murs de Paris, une affiche blanche qui ouvre un concours pour une salle des fêtes, aux environs de Paris. Ce sont de grands panneaux qui doivent reproduire les sites environnants, avec ou *sans figures* ! Des espaces de douze mètres carrés, sans figures ! Celui qui a conçu un pareil programme peut être un administrateur de premier ordre, mais il ignore l'abécédaire esthétique. Or, si la protection ne sait plus formuler une commande, qu'attendre de l'exécution ?

J'ai prétendu jusqu'ici que les arts majeurs avaient perdu leurs règles et ne vivaient plus que de l'intuition individuelle. Qu'on pardonne l'emploi de l'italique pour la loi qui régit la matière.

La beauté ne paraît aux arts mineurs que si elle surabonde aux arts majeurs : et l'art décoratif n'a jamais été que le rejeton de l'architecture, littéralement sa dilution et sa monnaie.

C'est une vérité historique, expérimentalement démontrée. Or, l'architecture est morte. Est-ce à dire que les architectes contemporains sont inférieurs à leurs collègues des autres arts? Non! On peut leur attribuer à tous du génie, sans modifier la proposition.

Monumentalement, l'individualisme réduit à lui-même est impuissant. L'architecture est un art collectif: elle ne peut exprimer que l'âme générale, l'aspiration d'une croyance; or, l'âme générale flotte insaisissable, sans autre aspiration que le bien-être. Toujours et partout, le temple apparaît le chef-d'œuvre; il incarne l'aspiration à l'immortalité, il fait le geste de la créature vers son créateur, et ce geste, les latins l'ont cessé. Acropole de Paris, le Sacré-Cœur dresse son dôme turc, tour Eiffel d'une religion qui ne rougit pas d'une Trinité, d'un saint Augustin, d'un saint François-Xavier! Rejeter l'ogival quand on bâtit dans l'Isle-de-France, c'est violer la terre même et méconnaître le seul style absolument chrétien. Ne vient-on pas d'édifier au Caire un musée Renaissance! L'anarchie règne et prospère depuis le pont Nicolas, flanqué de quatre pendules aériennes, jusqu'au concours d'enseignes qui a l'air d'une farce d'atelier.

Une irréflexion incroyable préside aux orientations. L'art n'a jamais été que l'imagerie d'une religion, aux bords du Nil comme aux bords de la Seine. On veut qu'il soit laïque : en vain les derniers chefs-d'œuvre protestent par Delacroix, Puvis, Gustave Moreau. Laïcisez par la pensée l'art italien, il restera des portraits ; laïcisez l'art français, il restera des polissonneries. Qui ne préfére, fût-il l'attardé lecteur de Voltaire, le Jugement dernier de Lucas de Leyde à l'ennui indicible des intérieurs hollandais, à ces dentellières, à ces tabagies, et aux figurines d'une bourgeoisie stagnante et lourdement riche? Un ouvrier a fait cette remarque : « Dans le musée, quand ce n'est plus le bon Dieu et ses saints, c'est toujours le roi et ses nobles ».

A Versailles, qui n'est pas le palais de la peinture, les *14 Juillet* font scandale : la foule s'en moque, le dimanche; elle trouve nos cérémonies civiques laides ! Ainsi, elle prouve son sens esthétique et aussi que les arts majeurs de notre époque, ayant perdu leurs lois, n'en peuvent fournir aux arts mineurs. Deux remarques s'imposent aux visiteurs du musée de Naples, du Germanicum à Nuremberg, de Cluny : le meuble reproduit les motifs monumentaux; un cabinet de la Renaissance constitue une façade de palais, en réduction; la ferrure d'une porte dépend de la baie elle-même. En second lieu, tous les objets antérieurs à la Révolution présentent un caractère identique dans la composition, une sorte d'unité d'inspiration qui ne saurait provenir que d'une méthode aujourd'hui perdue. Peut-on la retrouver? La méthode, fille des idées générales, ne se révélera jamais au praticien: il faudra la restituer par un travail métaphysique, sorte de calcul à beaucoup d'inconnues. En regardant des Tanagras, les sculpteurs ont pensé produire d'autres statuettes gracieuses : ils ignoraient que ces souriantes figurines sont des ex-voto funéraires dont la pose et le geste expriment les plus abstraites conceptions du devenir; comme on ignore à quel point l'ornementation des cathédrales exprime la libre pensée.

Le clergé comprenait parfaitement les sculptures hérétiques et frondeuses du portail et du chapiteau; par une largeur de vue remarquable, il laissait tout dire dans une langue incomprise de la foule, d'autant que, sorti du peuple comme l'artisan, il méprisait aussi la brute féodale, le grand baron brigand ! Jusqu'à la fin du XVIe siècle, il exista, entre le peuple et le prêtre, une communion de haine contre le noble ; et le caractère de la Ligue, comme l'explication de la Saint-Barthélemy, se cachent entièrement dans la lutte séculaire de la démocratie, qui fut loyalement monarchiste jusqu'à la Révolution, contre le parti féodal. Il faut le remarquer, le protestantisme n'a jamais eu d'art plastique ; on attribue ce fait singulier au caractère de sa doctrine. Si on étudie les dessous de l'histoire, on apercevra une cause plus précise. L'art a toujours été aux mains des plébéiens, et ceux-ci n'ont jamais voulu œuvrer pour le parti noble. Par œuvrer, j'entends *exprimer les aspirations d'une communion*. Cette volonté a été si générale, si intense, que la franc-maçonnerie, devenue protestante, n'a pu retrouver un seul secret de métier et a cessé son rôle artistique.

D'où vient qu'on ignore les inventeurs de tous les styles ? Ils sont l'œuvre d'une collectivité restreinte, fermée, secrète ; et depuis qu'il n'y a plus de corporations, il n'y a plus de style.

L'art mineur est celui qui élève à la beauté l'objet usuel et coutumier. Et comment se produit cette élévation ? Par la caractérisation typique. Donc, le décor porte un objet commun à sa qualification la plus générale. Si nous admirons si justement un chandelier de Pompéi, un escabeau du moyen-âge, un bahut de la Renaissance, même un fauteuil de la Régence, c'est que ces objets, malgré leur date, représentent toujours l'idée synthétique de leur attribution. Le style se définira donc, un caractère abstrait réalisé malgré la destination d'emploi et l'époque. Avec de l'application, on restituerait les manières d'une société d'après ses meubles. La décadence de la noblesse ne pourrait-elle pas s'écrire en un seul tableau par la forme des épées, depuis Durandal jusqu'au carrelet du temps de Louis XVI ?

Quand on voit, au Vatican, les gardes suisses si grotesques, on a peine à concevoir que leur costume fut dessiné par Michel-Ange. Pour envisager utilement le problème des arts décoratifs, il faut non seulement se souvenir du petit nombre de systèmes monumentaux, mais aussi de la rareté des motifs à toutes les époques. « Etudiez la nature ! » disent les étourneaux, comme si la nature était un manuel Roret. « La faune, la flore sont là ; inspirez-vous ! »

La faune ? Babylone a exprimé son génie dans le taureau ailé à face humaine ; l'Egypte se blasonne par le sphinx. Le bœuf et le chat, ainsi stylisés, forment les tenants du temple de Mémoire. Ensuite la chimère grecque reste indécise, sauf sur les camées ; l'aigle romaine apparaît isolée dans le Volucraire. Le cheval fournit la licorne aux Bestiaires : le dragon, la vouivre, la tarasque, tellement composites, n'appartiennent à aucun règne, non plus que le griffon.

La flore ? Le lotus représente l'Égypte et l'Inde: et la France a sa fleur de lys. Comparée au type des jardins, la plante héraldique se distingue jusqu'à l'irréalité: elle devient un idéogramme. Svelte comme une ogive au temps de saint Louis, elle paraît obèse sous Louis XVI, le gros mangeur.

L'art décoratif est donc d'une difficulté prodigieuse. En quelques mots, nous avons indiqué ses chefs-d'œuvre; tandis qu'un livre ne suffirait pas à dénombrer les merveilles de la peinture ou de la sculpture. Qu'on veuille bien se rappeler la loi architectonique qui condamne le monument à réaliser exclusivement une âme collective; on comprendra que l'art industriel ne comporte pas l'individualisme et qu'il n'exprima jamais autre chose que les mœurs d'un temps, tandis que l'architecture incarnait sa foi.

La création d'une forme significative exige des conditions si rares et mystérieuses, que nous voyons la même coiffure passer de la tête du troyen Pâris à celle du doge de Venise pour s'avilir enfin sur le front bestial du sans-culotte. Les aventures du bonnet phrygien se sont produites pour beaucoup d'autres symboles et témoignent que les courants animiques même violents et les milieux les plus caractérisés n'engendrent pas toujours leur hiéroglyphe. Ils martelent le cartouche d'une idée antérieure et souvent contradictoire, pour s'y inscrire.

Étudier l'histoire politiquement, comme on l'a fait jusqu'à ces dernières années, ne donne que des faits divers sans aucun bénéfice pour la réflexion. On ne pénètre dans l'âme du passé qu'en écartant les batailles et les traités.

L'art décoratif eut en France trois périodes : celle des cathédrales qui commence bien avant l'an mil et va jusqu'au XVIe siècle ; ensuite vient l'époque des châteaux et des palais ; enfin, celle du mobilier qui nous mène jusqu'à 1789. Ce problème, lorsqu'il sollicitera l'attention des érudits, ménage de nobles surprises à l'orgueil national ; il résulte de sérieuses recherches que, dès le VIIe siècle, la maçonnerie employait la langue de l'Isle-de-France, comme langue ésotérique, pour ses secrets et ses plans. Les rébus des cathédrales, dans toute l'Europe, n'ont leur sens qu'en français. En ce temps, le noble homme, dès qu'il ne bataillait pas, chassait. La chasse représente si exactement le rite féodal par excellence, que les modernes grands barons de l'argent et même le président de la République se croient obligés à l'imitation de Nimroud, l'ancêtre de brutalité. Il n'y avait donc, pour le manant, c'est-à-dire pour tout le monde, que deux voies d'émancipation : la prêtrise et la maîtrise ! Trop précaire était la situation de l'homme de métier pour qu'il songeât à s'isoler : il ne trouvait de salut que dans la guilde ou corporation. Lorsque l'artiste du chapiteau roman fut appelé à orner l'écu du chevalier il y employa son argot professionnel et ses poncifs de dessinateur : et comme il travaillait pour des êtres a demi sauvages, il se donna le plaisir de leur faire porter, au tournoi et au combat, des ornements qui étaient des satires et des injures. Les signes de la tyrannie furent donc composés par les victimes, et l'héraldique, n'en déplaise aux ingénus, est le jargon de la canaille, l'argot des métiers ! Ceux-ci en donnant une expression au noble illettré constituèrent parmi la plèbe une aristocratie : la corporation de l'émail, qui englobait tous les gens du dessin. On sait que l'école française dans le vitrail et la terre émaillée a toujours tenu la première place ; grâce à une théorie qu'on peut appeler la théorie de l'angle ou du coin.

Le premier qui ait attiré l'attention sur ce mystère de l'angle, est le comte de Caylus. D'après Ducange, angler, c'est border, encadrer, mais non pas d'imagination ! L'angle est un poncif multiplicateur des formes, qui permet de les varier à l'infini, sans compromettre la proportion, ni l'ordonnance ; une géométrie copulative qui contracte les droites et les courbes, les pleins et les vides, selon des théorèmes rigoureux. Quatre opérations correspondantes aux arithmétiques servent de base. L'augmentation, qui consiste à doubler la figure comme dans l'aigle à deux têtes, ou à combiner le bec de l'oiseau, le corps du chien, les ongles du fauve pour aboutir au griffon : la croix recroisettée de Lorraine signifiait, pour le ligueur, le niveau de l'orthodoxie souligné. La prétérition qui élague les éléments insignifiants pour ne conserver que les caractéristiques. L'ampliation, base des décors pour les grands espaces, comme le plafond de Chambord avec ses salamandres ; et, enfin, la division qui correspond à ce que nous appelons, en art, l'ordonnance et qui est, à proprement parler, l'angle lui-même. Un traité de cette matière a-t-il jamais été écrit ? En langue vulgaire certainement non : mais, pour ne citer qu'un ouvrage universellement connu, le *Pantagruel* de Rabelais, haut dignitaire de la maçonnerie, contient, sous des apparences bouffonnes, de singulières révélations :

qu'on relise le chapitre où le héros, entre les paroles dégelées, trouva des mots de gueule : «Nous veusmes des mots de sinople, d'azur, de sable ; lesquels, estre quelque peu échauffez entre nos mains, fondoient comme neiges ; et les oyons, mais ne les entendions. »

Ailleurs, maître Alcofribas Nasier donne le signe de reconnaissance : « En baislant faisait hors la bouche, avec le poulce de la main dextre, la figure de la lettre Tau, par fréquentes réitérations. »

Il faudrait une monographie pour démontrer l'ésotérisme de Rabelais. A son époque la question sociale passionnait les maçons ; ils travaillaient autant à la ruine de la noblesse et du clergé qu'à angler les choses d'art. Un monument illustre de l'art héraldique au château de Loches, prouve que cette langue figurative ne se lit qu'au moyen des mots français. Sur le mur de son cachot, Ludovic Sforza, prisonnier de Louis XII, a peint sa protestation ; des plumes et des tenailles, plusieurs fois répétées. Or, à cette époque, les tenailles se nommaient des forces et plume se disait penne. On lit donc *force pennes* !

Ce qui rend extrêmement difficile une application pratique de l'angle à l'industrie contemporaine, c'est que cette méthode morphique se subordonne à l'expression des idées, puisqu'elle forme une écriture et un vocabulaire. On ne peut employer des mots au hasard : il faut former une proposition. A une époque où tout se publie en une émulation constante de jeter dans le courant social les dissolvants les plus forts, qu'exprimeront les hiéroglyphes d'une race qui se servait de l'art décoratif pour ses désirs, ses rancunes et ses doctrines tributaires du bûcher ? Une cryptographie contemporaine de la liberté de la presse, serait une gageure ! Le vœu, mille fois séculaire, qui courait comme un termite aux chapiteaux du xe siècle est accompli : la noblesse disparue et le clergé réduit aux séculiers, le peuple est vraiment souverain.

Ce sont les deux classes vaincues qui pourraient encore se servir de l'angle ; cependant une transposition purement esthétique de l'ancienne méthode rendrait aux ouvriers d'art les secrets des Boule, des Germain, des Gouthière, s'ils voulaient bien renoncer, pendant un an ou deux, à leur initiative, pour subir la discipline de la tradition.

Dès qu'on traite de la beauté, il faut écarter le luxe, systématiquement : il prend la place de l'art aux yeux du plus grand nombre. On ne voit pas, sans tristesse, s'étaler dans la galerie d'Apollon comme l'ostensoir même du Louvre, de misérables diamants. A mesure que l'Église se vide, il faut que le musée s'emplisse, sinon les âmes se bestialiseraient. Le rôle de l'œuvre d'art s'agrandit forcément de tout ce que perd la religion : et l'homme qui par le malheur des temps ne se nourrit plus des paroles de vie, cherchera sa substance animique partout où il y a de l'ineffable et adorera le mystère humain du génie s'il n'entend plus le mystère divin du créateur. Déplorable synchronisme ! A l'instant même où l'art se trouve missionné pour le plus sublime des intérims, il se vautre, semblable à un homme qui serait ivre à l'heure où un sceptre lui est offert.

Après le luxe, l'ennemi d'une renaissance sera la couleur et la multiplicité des matières au même objet. Grâce à la patine, on ne remarque pas la pauvreté maladive des statuettes. Une théorie picturale a chassé la perspective des ateliers, au point qu'il y a une profession portant ce nom : perspecteur, et dont la clientèle est illustre.

Au point de vue économique comme à celui de la dignité française, aucune réforme ne presse autant que celle du mobilier. Déjà les absurdités anglaises apparaissent chez nous, propres à perdre le peu de goût qui survit. Comment ne réfléchit-on pas que la race sans sculpteur restera impuissante dans le meuble ? On pourrait ainsi commencer un enseignement, d'après le peu d'espace d'une chambre d'ouvrier : inventer un lit, une table, une armoire et un siège, sans moulure, sans même un biseau, pour être exécutés en sapin et en hêtre.

Le problème porte sur la ligne exclusivement : et les pièces du moyen âge qui le résolvent ne sont pas dans les musées ni dans les recueils. Seul, l'angle obtiendra un résultat de beauté : car ici, il faudra créer ; et on crée comme on raisonne, par méthode et selon un organon.

Comment se fera la preuve de beauté ? Lorsqu'une pièce de ce mobilier démocratique pourra figurer dans l'antichambre du riche.

Alors, sur ce meuble si simple, la sculpture s'appliquera : le bois sera plus choisi et il pourra entrer au salon. En décoration, il faut partir du point le plus primitif. L'ébéniste du moyen âge ne copiait pas la fleur vivante ; il l'étudiait séchée, écrasée, telle que l'herbier la montre pour en dégager le profil essentiel. Qu'on en fasse l'épreuve, le lys enseveli entre deux feuilles se rapproche singulièrement de la fleur héraldique et l'ornemaniste doit se convaincre que son art est un art de silhouette. Le relief de la vie ne convient jamais au végétal. Le faubourg Saint-Antoine a des panneaux de fruits et de gibiers sur ses buffets d'une saillie dérisoire ; c'est parfois de la ronde bosse : le travail est plus long et le résultat lamentable. Le saillant de cette ornementation ne saurait dépasser un centimètre et demi.

Celui qui copierait un animal de Barye ou de Cain en ornement se tromperait. Tandis que le statuaire individualise la faune, l'ornemaniste la généralise, et ce n'est point encore assez. Le point d'art est toujours irréel, et la bête imaginée intéressera davantage qu'une version naturelle. Changez par la pensée le dragon des Saint Georges et des Sainte Marthe en un type de zoologie, et le caractère héroïque de la composition s'éteindra.

Menacée par une pieuvre, Andromède ne serait plus cette figure lointaine qui s'apparente à Persée. Est-il permis, à une époque japonisante, de rappeler la beauté de Méduse et que les Grecs détestèrent la laideur, même dans les représentations du mal? Au moyen âge, le diable fut le vilain de la plastique : mais il resta monstrueux. Rops l'a dessiné pour la dernière fois, en frac, monocle à l'œil : ce n'est plus qu'un homme pervers ; il ne dégage point d'effroi. Une des pires violations des lois décoratives apparaît dans l'emploi de la forme humaine pour les objets usuels. Sur un encrier, un bougeoir, une figure entière se dresse, contre toute raison. Les Sirènes, les Télamons ont été inventés pour ménager la forme suprême et ne jamais en faire un accessoire. Aux montants d'un bahut, les Hermès sont à leur place : puisque la gaine qui remplace les jambes abolit l'idée humaine et avertit l'imagination qu'il s'agit de personnages conventionnels. La paresse et l'ignorance ont collaboré à ces figures partiellement traitées en ronde bosse et laissées en bloc pour le reste, qui peuplent les squares et les places. On imite ainsi Michel-Ange, avec cette différence que le grand Florentin a laissé des œuvres inachevées et que nos contemporains escomptent l'effet de l'inachèvement.

Un exemple mémorable d'ignorance esthétique nous est fourni par la Société des gens de lettres ; elle a refusé le Balzac de Rodin et accepté celui de Falguière, sans raison aucune : ces deux statues ne différant que par la pose, l'une debout, l'autre assise.

Enfin un événement inattendu a compromis le vœu si intéressant de l'Etat. Il voulait des ouvriers d'art, il n'a obtenu qu'une métamorphose médiocre de l'artiste en artisan. Le peintre et le sculpteur d'histoire se sont faits ornemanistes et ils continueront dans cette voie rémunératrice, au détriment de la démocratie. D'après les principes déjà exprimés, l'individualisme engendre de bons tableaux et d'excellentes sculptures ; mais les auteurs du tableau et de la statue sont incapables de dessiner leur cadre et leur socle, puisque l'ornement repousse la personnalité et veut un style général, au lieu de l'individuel.

La carrière, fermée en apparence, reste ouverte à des conditions déroutantes pour les esprits contemporains : repousser le mauvais exemple des arts majeurs et renoncer à l'initiative individuelle. Celui qui contemple l'œuvre du passé, selon la formule récente de l'art pour l'art, n'en pénétrera jamais les lois ; l'art ancien n'est qu'un perpétuel idéogramme, une langue figurative dont il faut reconstituer le lexique et la syntaxe Le livre qui contiendrait cette ancienne méthode, si quelqu'un avait la patience de le composer, ne servirait pas aux ouvriers : il faudrait le hérisser de contextes pour légitimer chaque assertion et ameuter la philologie entière sur les mots argotiques de cet idiome maçonnique. Il y a des choses qui ne veulent pas être écrites et qu'on ne peut arracher à leur destination orale. Quel espoir de pénétrer le mystère du

Songe de Poliphile du templier Colonna, puisque le secret de Rabelais passe inaperçu, après tant de lectures et de commentaires. « Briser l'os médullaire pour en extraire la substantifique moelle » représente un tel labeur qu'il effrayera peut être encore longtemps l'investigation. Toutefois, les secrets du meuble peuvent être retrouvés et mis en œuvre. Appliqués, ils donneraient des résultats tellement inespérés que l'on verrait, au contraire de ce qui se passe, l'ouvrier envahir le domaine esthétique. Des métiers sont sortis les arts ; un Verrochio commença par être orfèvre. La démocratie peut reconquérir son héritage ; si elle consent à revenir à l'enseignement de la tradition et à réapprendre le parler de ses ancêtres. L'art et l'industrie pourraient, en effet, se réconcilier en remontant aux méthodes primitives. Après cette affirmation que je crois prouvée, il faudrait commencer l'enseignement technique : il ne peut se donner que dans une école et par une série de leçons, car le secret corporatif des maîtrises ne considère pas le Beau en soi, c'est une esthétique pratique, positive.

II

LE SONGE DE POLIPHILE [1]

On étonnerait plusieurs lettrés en leur disant que les hiéroglyphes ne sont que des rébus et que les signes des obélisques obéissent aux mêmes règles que les devinettes des magazines. La pictographie des aborigènes américains ne diffère que par son caractère purement graphique.

« L'écriture *in rebus* », en France du moins, fut toujours phonétique. Suivant Ménage, les clercs de Picardie seraient les premiers maîtres en cet art singulier « des équivoques de la peinture à la parole ».

(1) *Hypnerotomachia di Poliphilo*, par le P. Francisco Columna (Venetiis, Aldi Manutii, 1499).

Car, en rébus de Picardie,
Une faux, une estrille, un veau,
Cela fait : Estrille Fauveau.

Si on réfléchit que le dessin fut employé pour les pamphlets jusqu'à la diffusion de l'imprimerie, et que les chapiteaux romans eux-mêmes s'historient souvent d'épigrammes, on ne répugnera pas à admettre que les professionnels du dessin, les inventeurs du blason conservèrent jusqu'à la fin du XVIe siècle cette manière de se décharger la rate en sécurité, qui permettait la plus grande audace sans entraîner de châtiment. Si actuellement un artiste dessinait un banc rompu avec un chien méridional, il dirait en rébus, que le gouvernement fait banqueroute.

Sans les bibliophiles, l'*Hypnérotomachie* serait en oubli. Ignorants à la fois le sens du texte et celui des planches, ils ont du moins toujours recherché le chef-d'œuvre d'Alde Manuce, la merveille de l'imprimerie vénitienne, qui porte la date de 1499. Dans son étude sur le grand imprimeur de la Sérénissime, Didot ne voit qu'un roman et les meilleures gravures sur bois de la Renaissance italienne ; il n'aperçoit pas le caractère pédagogique de ces dessins, qui constituent une grammaire d'art, une syntaxe des formes décoratives. Il se figure que Francesco Colonna joue à l'archéologue et s'efforce à décrire les us antiques et à déchiffrer les épitaphes et les allégories. Avec un peu plus d'attention, Didot aurait vu que tout est invention, texte et dessin, et qu'il faut donner aux images la même qualification qu'au texte et l'appeler une sorte de poème en prose ; à moins de pénétrer le double sens de cet étrange ouvrage et de révéler son caractère de traité maçonnique et celui plus visible de compendium des arts décoratifs. Nous l'étudierons sous ces deux aspects, qui ont été peu aperçus.

Les lecteurs, rebutés par la lourde pédanterie ont renoncé à comprendre ce fatras amoureux et ampoulé : ils se sont contentés d'admirer les planches, en effet admirables.

Francesco Colonna, Trévisan, né en 1440, mort en 1525, avant de prendre le froc dominicain, aima une dame nommée Lucrèce et sous son inspiration écrivit le *Songe de Poliphile* : ce qui ne l'empêcha pas de professer la théologie.

L'éditeur Leonardo Crasso de Vérone dédie la publication au duc d'Urbin, Guido :

« Pour qu'il ne glisse pas plus longtemps aux ténèbres (le *Songe*) et qu'il profite pleinement aux mortels... Vous trouverez en lui de la science abondante, à ce point que vous ne sauriez découvrir, dans tous les livres des anciens, plus de secrets de nature que n'en renferme celui-ci : il est besoin pour l'entendre du grec, du latin, du toscan et du langage vulgaire. »

Le langage vulgaire ou langage des métiers désigne le français du XIIe à la fin du XVIe siècle. Avant que l'idée d'internationalisme eût été exprimée, les hauts dignitaires des corporations avaient établi, entre eux et leurs collègues des pays étrangers, une entente diplomatique qui portait autant sur la méthode d'œuvrer que sur les conditions économiques des artistes. Jusqu'au seuil du XVIIe siècle, le Grand Orient fut français et les loges d'Italie se servaient de la langue parisienne pour l'usage ésotérique. Rabelais à lui seul le prouverait. Ecoutons-le parler du *Songe :*

« Bien autrement faisaient en temps jadis les sages d'Egypte quand ils écrivaient par lettres qu'ils appelaient hiéroglyphes, lesquelles nul *n'entendait qui n'entendit ;* et un chacun entendait qui entendit la vertu, propriété et nature des choses par icelles figurées, desquelles Orus Apollon a en grec composé deux livres, et *Poliphile*, au songe d'amour, *en a davantage exposé.* En France vous en avez quelques tronçons en la devise de M. l'admiral, laquelle premier porta Octavien Auguste. »

En blason cette devise s'écrit : « d'un cercle au dauphin la queue tournant autour d'une ancre dont la pointe lui entre dans l'œil gauche. » Cela s'explique : « tout autour de soi regarder et veiller à bien jeter l'ancre, à s'affermir » ; c'est là un avertissement, le *cave* (prends garde).

Rabelais parle une seconde fois de ces hiéroglyphes : « Ainsi étaient dites les lettres des antiques sages d'Egypte et étaient faites des images diverses de arbres, herbes, animaux, poissons, oiseaux, instruments, par la nature desquels était représenté ce qu'ils voulaient désigner. D'icelles avez vu la devise de monseigneur l'admiral en une ancre, instrument très pesant. et un *dauphin*, poisson léger sur tous les animaux du monde : *hâte-toi lentement*, fais diligence paresseuse, c'est-à-dire expédie, rien ne laissant du nécessaire. D'icelles : Pierre Colonne en a plusieurs d'exposés dans son livre toscan : *Hypnerotomachia Poliphili.* »

On peut croire sur parole maître Alcofribas Nasier : il nous affirme que le *Songe* est une œuvre héraldique, et il s'y connaissait en qualité de grand maître des métiers, et « que entre les paroles dégelées on trouvait des mots de gueules ». La seule assertion de Rabelais suffirait à nous pousser au déchiffrement de ce grimoire esthétique.

Les Dicts moraux pour mettre en tapisserie, de Baude, offrent des compositions qui éclairent le genre :

(*Un bonhomme, regardant un boys auquel a, entre deux albres, une grant toile d'araigne.*)

UN COURTISAN.

Bonhomme, dis-moi, si tu daignes,
Que regardes-tu dans ce boys ?

LE BONHOMME.

Je pense aux toiles des araignes,
Qui sont semblables à nos droits.
Grosses mousches en tous endroits
Passent, les petites sont prises.

UN FOL.

Les petits sont subjects aux loys,
Et les grans en font à leur *guise*.

Il n'est pas besoin d'initiation pour trouver dans le dernier mot une allusion au Cardinal de Lorraine Charles de Guise, qui était alors l'amant de Catherine de Médicis. Mais ceci est innocent à côté des audaces d'un Titien qui mettra des *patenôtres* aux mains d'une princesse accusée d'inceste avec son père « pour l'amusement des abeilles et au nez des frelons », appellations qui différencient les initiés des autres.

La première traduction française (1546) a été attribuée bien à tort à Rabelais, parce qu'elle parut simultanément avec le troisième livre de Pantagruel. Une autre édition de Jacques Gohory concorda vers 1561 avec l'apparition de l'*Ile sonnante*, œuvre d'esprit rabelaisien, sinon de Rabelais. Puis en 1600, Béoralde de Verville, l'auteur du *Moyen de parvenir*, en donna une nouvelle version et un discours qu'il appelle : « Le tableau des riches inventions couvertes du voile des feintes amoureuses qui sont représentées dans le *Songe de Poliphile*, dévoilées des ombres du songe et subtilement exposées par Béroalde. » En donnant à son commentaire le nom de *Stéganographie*, l'abbé de Saint-Gatien nous avertit de la vraie nature de l'ouvrage.

La capitale qui commence les

chapitres du *Songe* donne : *Polia frère François Colonna adora.*

Cette Polia, noble dame Trévisane, est vénérable ; son nom indique une tête blanche. M. G. d'Orcet a ainsi interprété l'allégorie : « Polia n'est pas une femme, c'est une poulie, et Poliphile en est une autre. Les deux font la paire et, réunies par une maille, forment une moufle ou palan formé d'une poulie mère ou fixe et d'une poulie fille ou folle. Le sceau de l'ordre du Temple représente le palan guerrier, deux chevaliers sur le même cheval ; il faut entendre poulie fixe du chevalier le plus ancien et poulie folle du plus jeune. »

La chevalerie allait par couple, comme les compagnons par paire. Le *socius* se remarque dans toutes les associations secrètes. Les Gaulois combattaient par couples et les frères d'armes comme Achille et Patrocle, comme Oreste et Pylade, se retrouvent dans tous les romans du moyen-âge.

Il y avait anciennement, parmi les forêts du royaume de Logres (Londres), un grand nombre de pucelles dont le conte semble mieux conte de féerie que rien autre. Et au vrai dire, c'était bien la graigneur (plus grande) merveille qu'on pût ouïr. Car ces pucelles-ci se tenaient en caves que l'ancienne histoire appelle autrement *puits*, qui étaient en celles forêts entaillées par ouvrage merveilleuse. Or avaient ces pucelles dressé une telle coutume, que jà nul n'*errât*, par chemin, fût au matin ou à la vesprées, qu'on ne le requît par honneur de séjourner dans une de ces caves, où se trouvait de tout abondamment. Car il yssoit (sortait) du puits une damoiselle belle à merveille, qui apportait hanaps d'or (écuelles) à la main, avec pâtés très bien lardés et du pain assez. Et auprès suivait une autre pucelle qui portait une blanche touaille (serviette) et encore d'autres hanaps. Le passant était bienvenu et reçu de ces belles hôtesses, et si le mets ne lui agréait, on lui en apportait d'autres à sa volonté. Et maintinrent les pucelles leur festoy, tant que le roy Magons y vint qui le premier enfreignit cette coutume en prenant de force une des pucelles ; et d'autres chevaliers suivirent ce vilain exemple dont il advint qu'elles se mussèrent (cachèrent) et retrahirent dans leurs puits tellement qu'elles n'y yssaient pour nulle requête qu'on leur scût faire.

Ainsi commence le fameux poème de *Perceval le Gallois* ; on se souvient du début de la *Divine Comédie*, assez semblable d'atmosphère et de figuration. C'est toujours un homme solitaire et errant, un pérégrin qui se trouve perdu dans une forêt obscure.

En comparant l'édition de Venise et celles de France reproduites en dernier lieu par Claudius Popelin, on s'aperçoit que les compositions ont été redessinées dans le style de Jean Goujon et de Jean Cousin. *Le Triomphe dans l'île de Cythère* surtout révèle un goût français et qui tranche étrangement avec le style de Francesco Colonna même rendu presque possible par l'étonnante version de Claudius Popelin.

O Jupiter altisonnant, heureux, admirable! dirai-je cette vision inouïe, terrible, au point qu'en y pensant il n'est atome en tout mon être qui ne brûle et qui ne tremble! il me sembla d'être en une large *plaine* verdoyante, émaillée de mille fleurs et toute parée. Un silence absolu y régnait dans un air exquis. L'oreille la plus fine n'y percevait aucun bruit, aucun son de voix. La température y était adoucie par les rayons d'un soleil bienfaisant. Ici, me disais-je à part moi, tout rempli d'un étonnement craintif, aucune trace d'humanité n'apparaît à l'intuitif désir; on n'y trouve aucune bête sauvage, aucun animal féroce ou domestique; il n'y a pas une habitation rurale, il n'y a pas une hutte champêtre, pas un toit pastoral, pas une cabane. Dans ces sites herbins on n'aperçoit aucun berger, on ne rencontre aucun banquet. Là, pas un pâtre de boeufs ou de cavales; on n'y voit pas errer de troupeaux de moutons ou de gros bétail, accompagnés du flageolet rustique à deux trous, ou de la flûte sonore enveloppée d'écorce. Rempli de confiance par le charme de la plaine, par l'aménité du lieu, j'avançais rassuré.

Ce spécimen suffit pour ôter le désir de lecture. Quant à l'interprétation des rébus, elle vaudrait un long préambule pour habituer le lecteur à lire Salomon quand une figure porte une branche de saule à la main et que la marguerite signifie « me regrette ».

Voici à défaut de figures un spécimen de devinettes maçonniques qui eurent un si vif intérêt en leur temps et qui aujourd'hui nous semblent puériles.

Le joug accepté ouvre le coffre cyprès (tout de suite) ; la paire de goupillons en sautoir (le clergé) liée par trois nœuds (hiérarchiques romains) que l'abeille coupera par le feu ou le croc ; par le monde, la double flèche comme lampe fuse paire masque à trois œils sous deux autres yeux.

Ce qui signifie probablement : « En vertu de l'obéissance maçonne, on révélera sans tarder le rôle du clergé catholique : ce sera d'abord par petits propos, puis par coups et par feux et avec acharnement. Cela, pas à pas à travers le monde ira de droite et de gauche éclairer ceux qui ont trois yeux par couple : qu'ils prennent garde aux deux grands yeux en chef. » Ceux-là sont Philippe IV et Clément V : la monarchie et la papauté.

Je ne donnerai pas d'autres lectures de ces rébus : ils ont trait à des événements autres que ceux de l'histoire officielle. Il faudrait d'abord exposer un tableau des sociétés secrètes à la fin du moyen âge et aussi constituer une grammaire de cette langue des choses et pour la lire, prononcer comme on le faisait vers 1450 ; opérations difficiles.

Au reste le *Songe* ne nous livrerait que les cahiers d'un chevalier de Saint-Jean de la langue provençale, c'est-à-dire une version médiocre de la pensée maçonnique qu'il ne faut pas confondre avec l'antique Massénie.

Dans le *Songe*, les vilains (farfelus de Rabelais) sont figurés comme des personnages du drame satirique, accommodés avec des pampres et des feuillages. Francesco Colonna parle beaucoup de Psyché et d'Eros ; c'est un fidèle d'amour, comme Pétrarque et Pierre des Vignes. Le platonisme domine les conceptions, alors que les initiés gaults étaient à la fois mystiques et rationalistes.

L'école française a pour trait essentiel un caractère de grâce et de raison qui se retrouve dans la doctrine secrète de ses artistes. Au temps des cathédrales, l'initié ne philosophait pas : il croyait ardemment ou bien cachait un scepticisme de bonne humeur.

La Renaissance fit des philosophes et les plus étranges, car ils adoptèrent des doctrines pour leur antiquité, comme ils adoptaient les cinq ordres par un fanatisme servile du passé.

A mesure que la terre rendait au jour les statues et que les monuments conservés dans les moustiers passaient aux mains laïques, un phénomène extraordinaire se produisit : l'art abandonna les formes nées des idées mêmes, et se mit à exprimer des sentiments toujours chrétiens avec des expressions gréco-romaines, méconnaissant ainsi la rigoureuse logique qui ne permet pas plus de changer l'appropriation d'un profil que le sens fondamental d'un mot.

L'étendard des chevaliers. d'après Colonna, est carré, il porte un globe céleste et une urne à feu reliés par des feuilles de pervenche. Six pals à rameaux de pervenche le frangent. Qu'on ne s'étonne pas de voir apparaître ce signe provençal : un des fondateurs du Temple fut Gérard des Martigues. Avant que Guillaume de Poitiers, vers 1100, désignât les parfaits du nom de troubadours, l'albigéisme platonisant fleurissait. Né dans le Midi de la France, il se ramifia à la cour de Sicile, sous Frédéric II, et de là en Italie.

Il y avait quatre degrés d'amour : le feignaïre, le prégiaïre, l'entendaïre et le druz, ou l'hésitant, l'impétrant, l'accepté et l'ami. L'accepté recevait déjà les gants, le cordon et la ceinture. On a cru que « langue limosine » voulait dire patois limousin. Il s'agit du langage d'aumône des pauvres de Lyon, idiome ésotérique, propre à une secte qui a disparu dans la tourmente révolutionnaire, engloutie comme Samson sous les ruines qu'elle avait faites.

Ici, nous ne toucherons pas aux doctrines : que le Frère François Colonna soit un templier ou non, il a certainement composé son recueil pour des lecteurs capables de le comprendre ; et il a employé les figures propres à l'art du bâtiment.

A bien regarder l'histoire de l'architecture, qui est celle de tous les arts ramenés à leur synthèse, il y a dans l'ère chrétienne deux styles : le français gaultique ou l'art des coqs et son successeur, l'italien.

Brunelleschi (1377-1446), qui éleva la fameuse coupole du dôme de Florence et le palais Pitti, tenta de ruiner l'art chrétien et de lui substituer le gréco-romain. Les Leo Batista Alberti, les Bramante, les Vignole, les Palladio, et jusqu'aux Borromini et Servandoni, comme les Perrault et les Soufflot sont ses élèves. Michel-Ange, qui, malgré ses sentiments très catholiques, ignorait l'identité des formes et des doctrines, a déclaré Brunelleschi insurpassable.

Le *Songe* aurait été achevé en 1467, vingt et un ans après la mort de l'immortel paganisant, par un sectateur de la nouvelle doctrine et édité par un membre zélé de la nouvelle corporation. Au mot de révolution surgissent les sanglantes images de 93 ; il y a d'autres mutations que celles qui s'opèrent dans la rue et par le peuple. A la fin du XVe siècle l'abandon du *gaultique* et l'adoption du classique représentaient pour la corporation du bâtiment l'événement le plus grave qui pût se produire. Est-il utile de remarquer que les papes, avec une inconscience à peine concevable, se laissèrent circonvenir par les humanistes et adoptèrent les premiers le nouvel art, essentiellement laïque. Raphaël écrira à l'ennuyeux poète Castiglione : « Je voudrais retrouver les belles formes des édifices antiques. Vitruve me donne de grandes lumières. » A l'aveuglement des pontifes l'aveuglement des génies répondait et les Peruzzi et les San Gallo, Maderna et Vignole vinrent à leur tour. Saint-Pierre de Rome reste esthétiquement un des plus médiocres monuments du monde et les 365 églises de Rome ne valent pas une de nos cathédrales ni la dernière des chapelles ogivales. De toutes les démarcations, la plus nette est celle qui sépare la religion du siècle, le sacré du profane, la maison de Dieu des autres maisons. Sous l'arc roman ou sous l'ogive, on entre dans le domaine mystérieux de la foi.

A Saint-Pierre, on a l'impression d'un palais. Dans ce dernier rapport, le génie italien défie la contestation : le Bernin lui-même fut un habile homme. Seulement ces architectes aristocratiques ne savaient plus créer et manier les formes religieuses : leur art, riche en combinaisons, somptueux, césarien, avait oublié le sens religieux. Humanistes et non plus chrétiens, ils parlent une langue plastique où manquent le mot Dieu et le nom de Jésus ; ce sont de savants lettrés sans aucun mysticisme et qui, ne voyant dans la religion qu'une royauté, font des palais sous le nom d'églises, puisque les prélats ont le ton et le train des princes. Enfin, et cela porte l'étonnement de l'esthéte à son comble, le jésuite, ce mystique véritable, ce désincarné de la personnalité, adopte favorise et achève la plus baroque parodie du monument sacré. La dévotion contemporaine ne dément pas cette lignée de blasphémateurs sans le savoir : la Madeleine étale aux yeux du monde ses proportions stupides et le Sacré-Cœur de Montmartre élève au-dessus de la ville ogivale son dôme byzantin.

Les 188 figures du *Songe* sont l'œuvre d'un architecte. On les a attribuées à Mantégna, à Raphaël et à Giovanni Bellini, et M. Piat a pris pour une signature d'inconnu le dauphin de certaines planches, qui est une marque maçonnique.

On ne peut douter que ce livre ait été dessiné d'abord, puisque les figures constituent le véritable texte, soit qu'on les regarde comme des thèmes de composition, soit qu'on les interprète allégoriquement. La date seule de cette publication suffit à prouver l'importance qu'elle présentait pour les contemporains. Nous ne percevons pas le double sens esthétique et maçonnique de ce livre, faute de nous souvenir des anciennes mœurs, si différentes de celles d'aujourd'hui, où les pires énormités s'impriment sans même retenir ou seulement attirer l'attention. Comme l'ouvrage de frère Colonna est rare et toujours d'un prix très élevé, je crois intéressant de le feuilleter avec le lecteur et, sans tenir compte du texte, de regarder les scènes gravées en les considérant comme des sommaires.

On voit d'abord l'amant de Polia dans une forêt obscure : il médite, s'égare et rencontre un cours d'eau où il s'abreuve, puis il s'étend au pied d'un arbre et s'endort.

Il rêve qu'il se trouve transporté dans un désert ; de maigres palmiers se dressent parmi des ruines d'architecture, ruines classiques au premier chef, architraves et chapiteaux corinthiens. Ensuite il rencontre un colossal et étrange monument qui élève des marches quadrangulaires et décroissantes comme un piédestal démesuré à un mince obélisque. C'est évidemment le temple maçonnique. La planche qui suit représente une ronde où hommes et femmes se tiennent étroitement : plusieurs, quoique dessinés de dos, portent la tête de face : d'autres ont double visage, comme les hermès. L'éléphant de Pandolfo Malatesta, bâté d'un obélisque, précède un très beau portique gardé par un dragon. Puis vient la scène d'Antiope et succèdent des fontaines, des rinceaux, des trépieds, des candélabres, des stèles d'une invention admirable ; ce sont les modèles du maçon, les types d'enseignement.

Une femme assise étend une jambe nue, tandis que l'autre reste sous la robe ; elle tient d'une main un vol, une aile double, et de l'autre une tortue. Double et clair symbole de la liberté de penser et de la nécessité de voiler sa pensée.

Poliphile est admis à une cour d'amour, parmi de mystérieuses diaconesses, et sous une tonnelle en berceau, il rencontre sa Polia. Après un enlèvement d'Europe commencent les triomphes, magnifiques compositions d'une hétérédoxie flagrante. Les chars défilent, traînés par des éléphants, des licornes, des panthères et ils portent comme sujet le sacrifice mithriaque, Léda se livrant au cygne. Enfin passe une panathénée de jeunes filles à moitié métamorphosées en lauriers : il faut lire « des Laures » et savoir que l'amante de Pétrarque est une mère loge et non pas la demoiselle de Noves. La célèbre planche du sacrifice à Pan forme le centre de cet ouvrage d'un panthéisme évident et d'un réalisme extrême.

Désormais nous sommes au cloître ; une abside, en plein cintre d'un magnifique style, présente le passage de l'ogival au néo-romain et tout de suite après se dresse le puits de vérité. Polia est initiée, prête serment et reçoit à son tour la foi de Poliphile. Puis les tombeaux se succèdent avec des inscriptions variées ; c'est le fameux sépulcre que construisent toutes les maçonneries et que M. Didot a pris pour des restaurations d'après l'antique.

Voici, traités isolément, tous les étendards qui ont figuré dans les triomphes et qui sont autant de rébus corporatifs. La dive bouteille de Rabelais en diverses formes porte *panta* sur la panse.

Impura suavitas. Un groupe adore une femme qui donne le sein à un enfant et son pied à baiser à un homme. En prédelle, une morte qu'on pleure et une accouchée qu'on aide : leçon de solidarité ou de charité apparente. Enfin, un Décaméron, des amants devisant dans un jardin, et au fond une femme nue et de dos sur un trône.

Le second livre, plus court, contient peu de motifs d'art ; les scènes figurent les degrés de l'initiation et affectent un caractère sombre et dramatique. Dans une crypte, une femme semble lire les prières funèbres sur un homme étendu ; elle traîne le cadavre par les pieds.

L'amour fouette furieusement deux femmes attelées à son char ; avec un sabre il les coupe en morceaux ; un lion et un aigle viennent dévorer ces membres sanglants.

Poliphile apparaît, immobile sur la dalle, et Polia le pleure. Soudain il ressuscite et on les voit s'étreindre en un groupe délicieux de conviction. Mais des femmes armées de verges chassent Polia. Alors apparait une papesse qui reçoit les amants à merci, les purifie. Ils se donnent le baiser de consolement selon le rite des parfaits. Poliphile, assis à son pupitre, écrit sa vision et Polia lit l'ouvrage, seule en sa chambre.

La dernière figure représente les

amants, nus et à mi-corps, émergeant d'un nuage; Polia vient d'être frappée par une flèche d'Eros et une femme couronnée, une reine abstraite, la *Luce* du temps de l'Arioste, la Raison de 1793, siège comme la rectrice toute-puissante qui, invisiblement, a présidé à tout ce qui vient de s'accomplir.

Il faut se souvenir que le *Songe* fut le livre de chevet de Catherine de Médicis, de Diane de Poitiers, de Philibert Delorme, du Primatice, de François Ier et de Henri II; que ces grands acteurs et ces grands artistes y cherchaient, les uns des épigrammes décoratives et les autres des motifs de création.

Il ne saurait être question d'utiliser les rébus dans un temps où tout se dit en face, impunément, et si le livre de frère Colonna ne représentait qu'un carquois bien garni de traits polémiques, on devrait le laisser ès mains des bibliophiles. Mais chacun le verra, en feuilletant, ce grimoire a été composé par un artiste pour les artistes. On devrait le rendre à sa destination qui est de se trouver sous toute main qui dessine. La richesse des combinaisons, la sûreté des thèmes, leur variété et surtout le style magistral font de cet album le *clavecin bien tempéré* de la décoration. Après avoir prononcé un tel titre de parallèle, les adjectivations seraient superflues.

Le dominicain Colonna, franc-maçon et poète, n'intéresse plus personne, car le franc-maçon est peu subtil et le poète assommant; mais le maître ès arts apparaît un vrai maître et très propre à révéler aux élèves de l'école comment on devient original, non en ignorant ou méprisant les traditions, mais en les utilisant. Le *Songe* offre aux yeux les meilleures leçons de fugue et de contrepoint pour développer, varier, enrichir ou combiner des thèmes représentatifs.

En ce temps de modern style, Francesco Colonna offre un recours contre l'incohérence et le mauvais goût. Son enseignement, applicable aux arts mineurs, sauverait le talent que l'on gâche aux recherches maladives ou bizarres. Rien de pédant dans ces planches, qui se succèdent avec une fantaisie charmante ; l'imagination féconde d'un homme qui possédait les secrets de métier se produit séduisante et non opprimante, persuasive sans impériosité. Plusieurs qui se perdent trouveraient le salut de leur effort parmi ces inventions canoniques et rigoureusement orthodoxes. Pour que le *Poliphile* produise sa lumière, il faut qu'il quitte le rayon de la rareté et du haut prix et la main du collectionneur, pour s'étaler à côté du chevalet, dans l'atelier du débutant. Ce n'est point un manuel élémentaire, et les plus qualifiés de l'Institut lui consacreraient leurs veilles avec profit ; mais les gens qualifiés sont-ils capables de progrès ou, mieux, de changement? A un certain âge, l'acquisivité cesse.

Cette étude beaucoup trop brève n'a d'autre but que de donner à quelqu'un l'idée, si facilement réalisable avec nos procédés actuels de reproduction, de publier à prix modique les 188 figures du *Songe de Poliphile*, sans texte aucun, comme répertoire de combinaisons linéaires.

Ce merveilleux album a rempli le même rôle auprès de générations autrement douées que la nôtre ; il serait un antidote aux japonaiseries qui infectent l'atelier contemporain.

Comme arabesque ou calligraphie varié de la forme décorative, la Renaissance a laissé là un modèle incomparable.

III

« LES SONGES DROLATIQUES » DE RABELAIS.

Un album singulier passe, à juste titre, pour le plus ancien monument de la caricature française, si on excepte les sculptures du porche et du chapiteau, dans les cathédrales. Douze ans après la mort du curé de Meudon parut ce petit in-8° contenant cent vingt figures, sans texte ni légendes : *Les Songes drolatiques de Pantagruel, où sont contenus plusieurs figures de l'invention de maistre François Rabelais, 1565.* Au premier coup d'œil on s'aperçoit que plusieurs mains ont collaboré : on discerne le crayon du Rosso ou de quelque Italien très différent d'autres compositions bien françaises. Ces grotesques, fort difficiles à expliquer, sont parfois impossibles à reproduire ; beaucoup bravent l'honnêteté d'une façon brutale et cynique plutôt que perverse. Croquis gras et salés, propres à l'esclaffement des pantagruélistes. Mais qu'est-ce qu'un pantagruéliste ? Ce nom, désignant François Ier, s'applique aux bons patriotes, aux partisans de la maison de Valois et du catholicisme, comme la suite le montrera.

Esmangart et Eloi Johanneau, en consacrant aux *Songes* le neuvième volume de leur publication, ont donné une explication de chaque figure. Ils voient Jules II dix-huit fois, deux fois seulement François Ier, et attribuent six dessins à la représentation de Cornélius Agrippa. Ces commentateurs en cherchant à expliquer les *Songes* par le texte du *Pantagruel* s'approchèrent de la vérité : mais ils ne comprenaient pas ce texte. Charles Nodier, cet esprit si fin, ce Voltaire mystique du romantisme, un peu étourdiment, rapproche les *Songes* des *Caprichos* de Goya, et y voit des satires d'une portée générale, du Juvénal caricatural. Avant de poser des conclusions très différentes, je crois bon de procéder par le détail. D'abord, il y a les portraits d'une ressemblance indiscutable. Tout le monde reconnaîtra François Ier jusqu'à neuf fois.

« Pantagruel » signifie en argot du temps *paix ne te vaut guère*. Il s'agit de cette paix de Madrid par laquelle le roi chevalier renonçait à ses droits sur l'Italie, à la Flandre, à l'Artois, au duché de Bourgogne, et recevait en échange Éléonore, sœur de Charles-Quint.

Qu'on se figure, à la suite de la guerre de 1870, l'empereur d'Allemagne donnant sa sœur à Napoléon III en échange de trois belles provinces, et on concevra quels sentiments inspiraient aux patriotes cette lourde Flamande qui incarnait la défaite et qui fut l'espionne de son frère et l'ennemie intime de la France. Le mariage, célébré le 4 juillet 1530, en grande pompe, se borna à un prologue, mais d'un caractère si rabelaisien qu'il vaut mieux renvoyer le lecteur au chapitre du Pantagruel (IV, 44), *Comment petites pluies abattent les grands vents.* Dégoûté de son épouse, François Ier se consacra à Anne de Pisseleu, qu'il fit duchesse d'Étampes. A ce moment, quatre femmes fomentent toute l'intrigue de la cour de France : la sœur de Charles-Quint, la Pisseleu, Diane de Poitiers et Catherine de Médicis. Ce quatuor ne bornait pas ses soins à de petits ouvrages : on jouait les destinées du catholicisme et de la latinité. Anne tenait déjà pour la Réforme ; Diane conspirait en faveur de Henri VIII ; Éléonore protégea Catherine alors très impopulaire et fit accepter les décisions du concile de Trente.

La ressemblance avec Charles-Quint n'échappera à aucun lecteur. De même, la planche XXI nous donne la fameuse Diane sous les traits d'une marmite. Mais un bras porte l'écumoire ; l'autre, ganté, tient une flèche. En outre ce dessin nous révèle, à la manière des rébus, la vie privée de la dame. Un fil part du sol et rejoint un béret : ce qui signifie Philibert (fil lie ber). Or, nous savons qu'à cette époque l'abbé architecte Philibert Delorme était l'amant de la duchesse de Valentinois. Le fameux artiste lyonnais fut présenté par le cardinal Du Belloy, l'année même, où Diane devint la favorite du dauphin, qui devait être Henri II. Il travailla aussitôt à Anet, avec le Primatice. Des esprits sérieux hésitent à accepter une interprétation de rébus appliquée aux plus graves faits historiques. Cependant lorsque Rabelais parle de Niphleseth, il faut bien reconnaître la flèche d'Anet (ne fléchit).

Nous voyons un François Ier à tête d'éléphant avec une trompe à roulettes, nous le reverrons encapuchonné tenant douloureusement une de ses jambes, figurant ainsi l'embarras de ses affaires.

Si la ressemblance de ces figures avec les physionomies traditionnelles ne laisse aucun doute sur les personnes, nul n'a découvert le véritable sujet des *Songes drolatiques*. Une planche nous découvre ce secret, celle où le roi en grand manteau, portant le collier de Saint-Michel et la face toujours ramenée à celle de l'éléphant, donne son pied à un diablotin qui présente des deux mains une lourde pantoufle. Visiblement cette chaussure n'est pas à son pied, ni à son gré.

Voici maintenant une femme de qualité qui a une pantoufle au bas du visage et dont la jupe forme cloche. Cette pantoufle qui imite la mentonnière très exagérée d'un casque rappelle la célèbre autrichienne, et la forme de la robe équivaut au surnom donné à la sœur de Charles-Quint, *austricaille* (huistre écaille).

Si on ne connaît que l'histoire des manuels, ces figures deviennent insaisissables : il faut écouter les plus bas commérages de l'époque, les calomnies même, pour saisir les allusions alors parlantes du crayon.

La reine Éléonore, rousse, épaisse, grande mangeuse, gourmande surtout de homard et affectée d'une disgrâce intime reprochée à Marion

Delorme, disgrâce accidentelle, mais qui éloigna le roi à tout jamais, ne montra aucune dignité, restant à la cour, malgré la demande en divorce de son époux, pour y servir les intérêts espagnols. On l'accusait, et il semble injustement, d'inceste avec Charles-Quint. En lisant que la dame parisienne dont Panurge est amoureux porte une robe de satin cramoisi et une cotte de velours blanc, on voit les couleurs autrichiennes : *gueules et argent*. On désignerait encore de nos jours la même maison impériale d'identique sorte. La couleur manque aux *Songes drolatiques* et il y a lieu de le regretter, car elle éclaircirait beaucoup ce grimoire. Nous n'attribuons plus aux émaux aucun sens symbolique; les jours d'émeute le peuple promène l'oriflamme de la monarchie, comme la Révolution se coiffe de la corne dogale de Venise. L'imprimerie occasionna une décadence du symbolisme et comme les mouvements politiques se choisissent toujours des couleurs, nous avons vu Henri V, aussi ignorant que la démocratie, s'envelopper dans le drapeau blanc, qui fut à travers les âges l'étendard du peuple. Au temps de Rabelais l'habitude de s'exprimer par rébus, c'est-à-dire de rendre les idées par des objets formant à peu près le même mot ou une consonnance voisine, se maintenait encore pour des raisons de sécurité. Ce que nous appelons la liberté de la presse existait sous condition que le vulgaire ne comprendrait pas l'estampe satirique dessinée en cryptographie. Bien souvent un rébus qui aujourd'hui nous amuse comme une fantaisie eut le même rôle qu'un violent article de journal. Prenons la dame de Paris dont Panurge saisit les pastenostres ; indiquons par des traits verticaux le ton de sa robe et par un semis de points celui de sa cotte, et mettons-lui aux mains un chapelet en citronnier. Toute la cour et les corporations maçonniques liront ceci : « La sœur de Charles-Quint fut incestueuse avec son frère, » car patenostre en cestrin (ancestrin) servait déjà à blasonner l'inceste, sous le pinceau des artistes italiens et en particulier celui du Titien.

Les *Songes* ne forment pas le journal d'un parti, mais bien la collection d'une polémique entre les quatre dames de la cour de France et Rabelais, représentant des corporations. A mesure que l'on feuillette, on voit le vent satirique changer de sens ; souvent une planche réplique à l'autre. La maçonnerie hésita longtemps entre le catholicisme et le protestantisme : le premier finit par l'emporter par l'or que la reine fournit à Catherine et par l'appui des compagnons de métiers.

Éléonore en guenon ouvre une énorme bourse pleine de pièces d'or. La dauphine vivait assez maigrement en son château d'Auteuil, sur l'emplacement actuel du Trocadéro. Agée de quatorze ans et mariée à un autre enfant de son âge, elle apporta en France cette perversité italienne qui n'était bonne qu'à des aventures sans lendemain, à des luttes de petits princes et qui ne valait rien dans le mouvement normal et grandiose de la race française.

On ne comprend pas la violence des écrivains protestants contre la sénéchale. Ils semblent ignorer sa connivence avec le parti anglais et féodal. La physionomie de Diane a été ridiculement gâtée par Victor Hugo. La sénéchale de Normandie ne vint jamais supplier le roi pour son père. Ce fut Maulévrier qui obtint des lettres de grâce : la peine capitale fut commuée en prison perpétuelle à la demande du beau-père. A trente et un ans Diane n'avait point eu d'amant ; on ne lui attribuait que Clément Marot, le successeur d'Alain Chartier en laideur ; elle ne brigua point de supplanter la duchesse d'Étampes et porta toutes ses vues sur le dauphin. L'armure dite Henri II, au Louvre, porte deux potets, et cela suffit à la désigner comme un cadeau de Diane à son royal amant.

Qu'on se figure François Ier accablé par la vengeance de l'avocat Féron (1538), le futur Henri II vivant à Anet avec le Primatice et Philibert Delorme, enfin Catherine à Auteuil tout à fait liée avec une autre dédaignée, Éléonore et on verra quel réseau d'intrigues enserrait ces trois cours. Catherine s'entourait des hommes les plus conformes à son esprit italien d'aventurière sans scrupule, et la sœur de Charles-Quint attirait Charles de Guise, évêque de Reims à dix-sept ans, qui fut toujours inféodé au parti espagnol, sous couleur de religion. Le voici qui jette un livre dans un puits dont il porte le couvercle comme chapeau ; et ce livre sort de cette même bourse que nous avons vue pleine d'or et tenue par Éléonore.

S'il restait quelques doutes sur le sens de la pantoufle désignant le mariage forcé du roi de France, ils seraient dissipés par cette figure d'homme à la gueule de poisson qui avale une pantoufle et de la main droite en élève une autre au bout d'une tige, tandis qu'une quenouille lui tient lieu de sceptre. Les malheurs de la France d'alors venaient tous d'Espagne : sans la présence d'Éléonore à la cour, la famille des Guises n'aurait pas accompli un rôle néfaste, et Catherine de Médicis, livrée à ses propres ressources, eût été vaincue par Diane de Poitiers.

Dans les monarchies, les affaires intimes dominent la chose publique et le roman commande à l'histoire : les républiques paraissent plus pures parce qu'elles se manifestent par des groupes au lieu de personnalités. L'historien ne saurait être dupe de cette illusion. Au temps qui nous occupe, les corporations, extrêmement puissantes à l'intérieur, se montraient fort sages, cantonnées sur le terrain économique, voulant le bien positif du pays, sans croire aux promesses d'aucun intéressé. Elles hésitèrent longtemps entre le parti anglais, le parti espagnol et celui des Valois et du catholicisme. Ces hésitations, la succession des pour et des contre, les *Songes drolatiques* nous les racontent en estampes, qui forment un dossier de cette affaire où chaque pièce déshonore son personnage.

Filant une quenouille qu'un couteau vient frapper, Éléonore hideuse, mais reconnaissable à la lèvre inférieure démesurée, et à son escarcelle si lourde qu'elle pose à terre, trame les intérêts fraternels, auprès de ce roi qui a voulu la répudier et qui envoya Saulx-Tavannes à Rome pour plaider un divorce qu'il n'obtint pas. Il semble qu'elle eût dû fièrement quitter la cour de France ; mais, satisfaite des bienséances que gardait le roi chevalier, elle se plut à l'intrigue et à la gastronomie, et partagea son temps entre la table et la compagnie plus que gaie que Catherine réunissait à Auteuil.

Certainement les figures des *Songes* circulèrent isolément, estampes ou dessins, au cours des événements de 1530 à 1562 et peut-être plus tard. Éprigrammes sanglantes, avertissements menaçants, révélations féroces, défis hautains, insinuations venimeuses, ces grotesques, propres à nous dérider et qui nous font rire, firent pâlir des gens d'une ferme trempe. Ce sont des dessins de combat, ce sont les articles d'une polémique, à l'époque où il n'y avait pas de presse. Admirable effet de la valeur artistique, ces *diatribes*, ces *éreintements* sont venus jusqu'à nous comme des curiosités, tandis que nos campagnes du journalisme ne seront plus lues et à peine consultées par l'érudit comme un dossier d'affaires. Ici le document emprunte à la fantaisie une saveur qui survit à l'actualité.

Charles-Quint à la mâchoire démesurée engloutissant le liquide qui sort d'un flacon, et les jambes ouvertes comme pour justifier son caractère d'ogre et de sinistre maniaque, offre un aspect repoussant. Habitués que nous sommes à l'histoire académique, à des phrases d'Institut, creuses et décevantes, nous voyons ce déséquilibré sur la foi de Montesquieu : « C'était l'homme pour lequel le monde s'étendit ». Fils d'une folle, sans foi ni loi, fanatique et astucieux, il dut son succès à ses intrigues et à l'implacabilité. Trente ans il tint la France en péril, et lui fit la pire insulte, en imposant à

François Ier vaincu d'épouser Éléonore. L'honneur de Diane de Poitiers fut sa haine de Charles-Quint. Qu'elle ait trompé son royal amant avec l'architecte Philibert Delorme, cela paraît incontestable, mais il faut rendre à cette femme étonnante une justice : le plus pur style français s'appelle l'Henri II, quoique le fils de Claude n'ait régné que douze années. Sa mort ou plutôt son assassinat officiel par le comte de Montgomery, capitaine de la garde écossaise, reste un problème où la connivence de Catherine apparaît et qui se relie au fameux duel de Jarnac et de la Châteigneraie. De l'instant où on ne se contente plus du fait brutal, qu'on veut expliquer les mobiles, toujours cachés dans le tempérament des personnages et au plus bas de leurs susceptibilités et ambitions, les annales se hérissent d'interrogations incessantes !

La coiffure napolitaine, les trois rangs autour du cou indiquant l'origine pontificale de la puissance et la pendeloque faite de tourtels ou pilules du blason des Médicis ne laissent aucun doute sur cette figure, qui représente la dauphine. La forme de cloche, de la mante et de la robe, l'associe à la sœur de Charles-Quint. L'histoire ne parle pas de l'alliance formée entre Éléonore et Catherine, tandis qu'elle commente la fausse rivalité de la sénéchale et d'Anne de Pisseleu.

Cependant, la veuve de Maulévrier ne chercha jamais l'amour de François Ier, tandis que la dame d'Auteuil et l'Autrichienne, toutes deux délaissées par leurs époux, éprouvaient un sort assez semblable. La volonté de Charles-Quint trouvait dans la Médicis une alliée précieuse. Il faut attribuer à l'influence espagnole les massacres de Mérindol et les sévérités du parlement d'Aix. Les condottieri italiens, admirables personnages de drame, furent vite dépaysés dans une période vaste et nationale : Catherine apporta en France une politique de principauté, excellente peut-être à Urbino, à Rimini, à Milan même, mais déplorable dans un grand pays d'une unité aussi nette que celle de la France d'alors; et les Guises eux-mêmes se classent parmi les aventuriers inférieurs à leur théâtre et aux grands intérêts collectifs qu'ils contrariaient de leur égoïste ambition.

Ici on ne voit pas le visage; mais un pendentif épiscopal révèle l'évêque de Reims, Charles de Guise. Le triple soufflet à crémaillère qui précède la figure, caractérise le conspirateur et l'ambitieux caché sous cette cape fermée; et ce chapeau si fortement rabattu et qu'assaillent les frelons, précisent leur sens par la fumée qui en sort : la pantoufle mise en évidence au pied gauche représente toujours le parti espagnol.

Une autre figure de prélat, d'une ressemblance difficile à identifier, s'avance en tenant au poing comme un faucon, un oiselet coiffé en folie : les pattes félines et fortement griffues, le mouvement obséquieux de la démarche expriment sans doute les négociations pour faire accepter les décisions de Trente.

Comme je tente de le faire voir par le choix des dessins, les *Songes* ne forment pas un pamphlet, expression violente et systématique d'un parti ; ils réunissent les attaques et les ripostes d'Éléonore, de Diane, de Catherine, et, par instant, Rabelais lui-même s'exprime au nom des corporations ; mais, fidèle à l'obscénité qui lui sert de masque dans *Pantagruel,* il rend son croquis impossible à copier, sans le retoucher, ce qui lui ôterait beaucoup de son étrange caractère.

Cette chatte au grand chapeau qui enseigne le solfège à un oiselet si frêle au sommet d'un épi, indique le rôle de Diane auprès de Henri II.

François Ier lui donna le dauphin à déniaiser : le déniaisement ne profita pas à la dauphine. La sénéchale mit tout son pouvoir à empêcher un rapprochement du jeune ménage, moins par jalousie que par conception politique ; on est forcé de lui attribuer les douze ans de stérilité de Catherine.

Diane tenait pour la branche des Bourbons et pour Henri VIII, sans qu'on ait encore bien démêlé ses raisons. Elle n'apprit pas seulement l'amour au fils de la reine Claude, d'un pauvre tempérament et d'une tendance débonnaire, elle lui enseigna l'art de gouverner ou gouverna elle-même et d'une façon remarquable. Le règne de Henri II fut habile : on y répara plusieurs des fautes de François Ier, et la veuve de Louis de Maulévrier mérite une place parmi les femmes d'État. Son amour des arts et son sens des affaires l'élèvent au rang des plus remarquables princesses de la Renaissance. Sans l'opposition d'Éléonore d'Autriche, la châtelaine d'Anet aurait triomphé de Catherine et la France n'aurait pas été embarrassée par les aventuriers de Lorraine qui ne furent que des condottieri, sous des dehors de fanatisme.

Ce marmot étayé de deux tuteurs tient un papeguay ou perroquet: c'est François II, né après onze ans de mariage d'un rapprochement opéré par un *guay* ou gault, Philibert Delorme, qui trahit la sénéchale en cette occasion et passa du reste d'Anet au Louvre, où il resta désormais attaché à Catherine. Le *papeguay* ou perroquet, symbole des maçons, explique qu'un d'entre eux eut grande part à cette naissance.

Avertie par ses onze années de viduité matérielle que le dessein de Diane était l'extinction de la race des Valois, la Médicis s'ingénia, avec la complicité de Philibert et de l'évêque de Reims, pour isoler un soir le dauphin et le griser. Une longue brouille entre Diane et Henri en résulta, et certains commentateurs veulent en voir le récit dans la guerre des andouilles. Car il existe une étrange connexité entre les deux derniers livres de *Pantagruel* et les *Songes*, au point que ceux-ci semblent par instants l'illustration de ceux-là. La recherche en ce sens donnerait des résultats, si on la conduisait avec une extrême minutie. Dans cet art de dissimulation où la composition doit passer à l'état fantasmagorique sous les yeux des profanes et ne se laisser entendre que d'un petit nombre, l'accessoire donne la clé. Le jouet du bébé nous a appris qu'un gault ou maçon avait tout fait pour sa légitimité et peut-être pour sa naissance.

Longtemps on a enseigné l'histoire comme on l'écrirait de nos jours d'après le *Journal officiel*, et on continuera sans doute. Car les enfants seuls l'apprennent, et comment leur livrer les romans scabreux qui la composent en réalité et qui scandaliseraient leurs jeunes imaginations? Ce jeu des passions privées qui forme la trame des affaires publiques, ces intérêts industriels qui entraînent la destinée d'une race, ces coups de théâtre changeant la face du monde et qui naissent d'un changement d'humeur, tous ces grands effets, prenant leur source aux plus petites causes, constituent un spectacle dépravant. La façon bossuétique qui découvre partout une économie providentielle et assujettit l'histoire à une légalité, apparaît une des plus dignes applications de la morale: ainsi les époques lointaines présentent toujours de nobles lignes, si on les regarde d'un point culminant. Mais le face à face avec les événements ne produit pas ce bel effet de noblesse dans les desseins et de conviction dans les idées. Les planches attribuables à Rabelais affectent un scepticisme profond, assez bien traduit par cette harpie humaine qui soulève le couvercle du pot pour lécher la cuiller. Les intérêts des métiers n'étaient pas que tel ou tel triomphât, mais que les artistes et artisans trouvassent à vivre, littéralement quelque chose à « licher », dans la marmite sociale où se cuisinent les ambitions diverses.

En attribuant au curé de Meudon ou à un seul auteur les cent vingt figures, on a manqué de critique : pour qui a l'habitude du dessin, quatre mains bien différentes se remarquent. De plus, l'idée d'un seul auteur rend l'ouvrage incompréhensible : le plus souvent, les répliques se succèdent comme pour un dialogue;

et si nous ne donnons pas d'exemple de cette suite rigoureuse, la faute en revient aux bienséances. Très souvent les personnages défient la reproduction par certaine brutalité comique. D'autres résistent à toute interprétation. Tel ce pénitent en cagoule qui tient des épis d'une main et un pot de l'autre.

Celui qui relira les mémoires du temps et aura présents à l'esprit les portraits de la cour française sous François Ier découvrira Charles d'Orléans, Gaspard de Saulx-Tavannes le connétable, Anne de Pisseleu, la reine de Navarre et plusieurs autres.

Montrer l'importance de cet album et signaler l'intérêt de son déchiffrement suffit à une étude qui n'irait plus avant qu'au prix d'un peu de pédantisme, puisqu'il faudrait donner les règles du lanternois, assez voisines de ce que nous appelons communément le rébus, c'est-à-dire la représentation des idées par des objets dont le mot usuel forme calembour. Ces règles se trouvent dans le *Songe de Poliphile*. Ce serait une véritable lacune de ne pas rappeler ici cet ouvrage très recherché des bibliophiles et que Claudius Popelin traduisit et réédita : l'*Hypnérotomachie*, est évidemment le prototype des *Songes drolatiques*. Mais l'ouvrage de Francesco Colonna, aux gravures magnifiques, représente plutôt une méthode transcendentale du rébus, une grammaire cryptographique qu'une œuvre polémique. Que le lecteur rapproche cet essai des amours maçonniques de Poliphile avec Polia.

Le professeur de théologie qui, dans ses loisirs de Padoue, a composé ce singulier volume en général mal traduit, eut le bonheur d'être redessiné admirablement par l'école des Goujon, des Cousin et des Delorme et survécut. Les fêtes rustiques et les apothéoses de la fin s'élèvent au plus noble style, et, livrent le secret des métiers à la fin de la Renaissance constituant un incomparable répertoire pour les arts décoratifs. Quant à nos songes pantagruéliques, ils contiennent de précieuses révélations sur notre histoire de 1530 à 1550, période où se jouèrent le sort de la maison de France et de la religion romaine. Ils permettent d'assister aux efforts des partis pour se concilier l'appoint considérable de la maçonnerie, et prouvent que la Réforme incarna plus d'intérêts que de thèses et reçut sa force de la politique et non de l'esprit religieux. Quelle illusion d'attribuer aux personnages historiques des enthousiasmes de doctrine! La reine Éléonore servit son frère plus que l'Église; Diane, qui passe pour païenne, fut surtout une alliée d'Henri VIII, et Catherine de Médicis se souciait de l'orthodoxie comme d'un patin usé! Le fanatisme cache d'ordinaire les calculs du plus simple intérêt; la fille des marchands florentins eût régné volontiers avec les protestants; et le schisme d'Angleterre bien étudié se réduit à une petite question de divorce refusé par le pape.

Une physionomie se détache parmi les *Songes*, singulièrement sympathique, incarnant les qualités et les défauts français : François Ier, nature si généreuse, si supérieure moralement à un Charles-Quint.

Peut-on mettre une légende sous chacune des cent vingt estampes de ce recueil maçonnique ? La Société des Études rabelaisiennes, fondée depuis quelques mois, réunira des gens de loisir et d'étude. Ils rendront à notre compréhension ces figures depuis des siècles devenues énigmatiques et trouveront ce que signifie cet homme à la grande barbe qui serre un balai sur son cœur avec tant d'effroi.

Considérés comme des révélations historiques, les *Songes drolatiques* fourniront une contribution intéressante aux dessous d'une époque troublée. A un autre titre ils sollicitent l'attention. Le lecteur qui aura bien voulu suivre cet essai, admettra, ce semble, que ces grotesques expriment autre chose que la fantaisie d'un buveur qui s'évertue à croquer les puissants du jour et qu'il y a matière à réflexion dans cette série de rébus politiques.

Pour opérer une conviction entière, il faudrait d'abord démontrer le sens très sérieux du Pantagruel et ses perpétuelles allusions aux affaires du temps : Au moins accordera-t-on à cette suite son caractère de polémique, la plus ancienne de l'art français.

Lorsque Philippon, devant le tribunal, dessinait trois poires successives pour montrer que ce fruit devenait infailliblement, sous un crayon, le type du roi Louis Philippe, il aurait pu invoquer les *Songes* de maître Alcofribras Nasier, qui fut un grand patriote et le premier en date des journalistes français.

IV

LA CLÉ DE RABELAIS

Sainte-Beuve se range à l'avis de Montaigne, il met le *Gargantua* et le *Pantagruel* parmi les livres *simplement plaisants* ; il pense avec Niceron qu'il n'y faut rien chercher de suivi, que c'est un artiste, un poète qui songe à s'amuser ; il cite enfin l'abbé Galiani, qui juge cette obscénité « naïve » ; et après avoir évoqué le petit roi d'Yvetot, il réduit à coups d'épithètes l'œuvre du Chinonnais à une ripaille bourgeoise, à un réveillon de Noël, à une longue chanson à boire. Depuis l'auteur de *Volupté*, la critique n'a pas sensiblement modifié son jugement : ce qui prouve que le masque pédant est indispensable pour inspirer du respect et qu'on ne prend au sérieux que la robe et le bonnet carré.

Pourquoi, de Montaigne à Sainte-Beuve, la critique s'est-elle trompée sur Rabelais? Parce qu'elle fut littéraire. Le littérateur ne jure et ne juge que par la chose imprimée, oubliant que le Moyen-Age se servit du dessin plus que du langage pour exprimer sa secrète pensée, sans peur ni risque, et que beaucoup d'œuvres de la Renaissance s'expliquent par les arts et métiers. Il faut savoir l'architecture et surtout l'héraldique pour comprendre Rabelais.

M. Paul Rosières s'en aperçut le premier ; mais il se trompa en comparant l'œuvre de Maître Alcofribas Nasier à une cathédrale. Vers 1532, l'ère des cathédrales était close, la période des châteaux battait son plein. Les figures licencieuses du chapiteau et du portail analogues aux grotesqueries de Gargantua causèrent cette méprise.

On se figure le Moyen-âge comme une colossale moinerie parfois truande, plus souvent mystique, et on vre attribue aux sculpteurs des cathédrales une piété à la Fra Angelico, sans réfléchir que l'homme d'art, de tout temps, a vu la religion dans son propre effort créateur, et même croyant au dogme n'a jamais beaucoup vénéré le clergé. Le mestre d'œuen outre, méprisait profondément le noble. Le VIe livre de Pantagruel, en son chapitre LVII, nous donnera la profession de foi anti-féodale la plus positive qui jamais ait été écrite Aucune page n'égale celle que je vais citer comme puissance prophétique : le lecteur verra en marge comme de tragiques illustrations les événements du dernier siècle. C'est vraiment la charte du socialisme et le texte littéral de ses revendications, dans ce qu'elles ont de légitime et d'irréfutable. Malgré l'évocation platonicienne qui commence ce morceau, il s'inspire de la seule expérience, sans mots sonores, sans prétentieuses considérations.

En icelluy jour, Pantagruel descendit en une isle admirable entre toutes, tant à cause de l'assiete que du gouverneur d'icelle... Messere

Gaster, premier maistre ès art de ce monde. Avec icelluy pacifiquement résidait la bonne dame Pénia, autrement dit Souffreté, mère des neuf Muses, de laquelle jadis en compagnie de Poros seigneur de Abondance, nous naquit Amour le noble enfant médiateur du Ciel et de la terre, comme atteste Platon...

A ce chaleureux roy force nous fût de faire révérence, jurer obéissance et honneur porter. Car il est impérieux, rigoureux, rond, dur, difficile, inflectible. A lui, on ne peut rien faire croire, rien remontrer, rien persuader. Gaster ne oyt point, estant sans oreilles. Il ne parle que par signes. Mais à ses signes tout le monde obéit plus soudain que aux édits des prœteurs et mandements des roys ; en ses sommations delai aucun et demeure aucune il n'admet. Vous dites que au rugissement du lion toutes bêtes, loin à l'entour, frémissent... Je vous certifie que au mandement de messere Gaster, tout le ciel tremble, toute la terre bransle. Son mandement est nommé, faire le fault sans délai, ou mourir ! En quelque compagnie qu'il soit discepter ne faut de supériorité et préférence ; Gaster toujours va devant, y fûssent roys, empereurs, voire certes papes ! Il fait ce bien au monde qu'il lui invente tous arts, toutes machines, tous mestiers, tous engins et subtilités. Et tout pour la trippe !... Quand Penia sa règente se met en voie, la part qu'elle va, tous parlements sont clous, tous edits muets, toutes ordonnances vaines. A loy aucune n'est sujecte, de toutes est exempte. Chacun la refuyt en tous endroits, plutot s'exposant ès naufrage de mer, plutot eslisans par feu, par mons, par gouffres passer, que d'icelle etre appréhendés !

Les révolutions et les communes

ont terriblement commenté ce texte qui nous montre, du même coup, le rationalisme de Platon qu'on ne soupçonne guère et la libre-pensée, en France, précédant de beaucoup d'années les événements politiques. On éprouve quelque embarras à voir le Ventre marié à la mythique Penia, mais il faut s'y résigner. Rabelais entendait Platon beaucoup mieux que M. Cousin. Du reste, cette théorie du « *primo vivere* » a pour elle le mérite indiscutable de l'expérience. Le ventre est bien le premier maître ès arts du monde, et l'effort humain n'a qu'un mobile : la tripe. L'un laboure la terre, l'autre enseigne la métaphysique ; celui-ci fait des vilenies et celui-là des chefs-d'œuvre : et tout pour la tripe ! La lutte pour la vie n'est pas une formule moderne : mais jusqu'ici on avait caché le redoutable arcane. Les francs-maçons d'aujourd'hui écrivent encore un B majuscule avec un j en coulée de chaque côté d'un niveau et ils appellent cela les deux colonnes du temple : Iakin et Bohas. Eh ! bonnes gens, laissez la kabbale judaïque, vos colonnes signifient le Boire et le Manger ! Le Grand Arcane, c'est la Tripe. Une pareille affirmation clairement exprimée, au seizième siècle, eût mené son proférateur à l'in-pace et au bûcher.

En Kaldée, la femme du Soleil (Samas) se nomme Goula, et, en argot, un goualeur est un chanteur : on connaît la Goualeuse dans *Les Mystères de Paris* d'Eugène Sue, romancier de grande envergure, et tout le monde entend encore le mot de gouaillerie. Si on veut une autre racine, il suffit de remarquer que Got s'écrivait Gault, au temps de Rabelais, et que jadis un *pape gaut* ou *pape guay* était un perroquet. Beaucoup de psittacins se voient dans l'ornementation romane : mais dès le treizième siècle, le coq, animal gaulois, semble devenir le blason des gouliards, ils l'ont mis sur la croix de fer des églises dès le retour des croisades, et il y est encore, en l'honneur de saint Gaut, saint Gall ou saint Coq, un saint très cher aux initiés. Abusivement on écrit francs-maçons d'après la formule de Cromwell ; il faut dire fourmaçons (de *fornix, four*) : car le four fut l'embryon de la voûte, de la coupole et de l'abside ; selon le proverbe des Limousins, « à faire la gueule d'un four, trois pierres sont nécessaires », les piles et l'architrave du dolmen. Pile correspond au pylé des Grecs. Pour expliquer Rabelais il faut poser en règle qu'il exprimait sa pensée véritable en termes de métier et de fourmaçons, ce qui s'entend de toute la coterie du bâtiment.

Il y avait trois degrés d'affiliation : le carpal ou crapaud, nom encore donné aux manœuvres sur les chantiers du midi, le trépelé, qui eut sa dernière synonymie, sous l'Empire, dans l'expression « brave à trois poils ». Deux piles signifiaient la haute maîtrise : on disait aussi maître pourple. Celui-là était enlumineur, peintre ou architecte, il encadrait de pourpre ses compositions et il pouvait être aussi escribouille (écrit bulle), c'est-à-dire scribe, secrétaire, homme de lettres. Rabelais est le plus illustre des escribouilles gouliards. Il nous a conservé leur profession de foi si positiviste. Mais ne soyons pas dupes des superpositions historiques qui semblent faire de Joachim de Flore un précurseur de Luther et ne jugeons pas le socialisme de 1552, d'après nos contemporains. Les gouliards n'ont été ni des anarchistes, ni des sans-patrie, ni des républicains : ils voulaient l'égalité devant la loi et l'extermination de la noblesse ; mais ils aimaient la France et la monarchie : c'étaient des catholiques anti-cléricaux et des royalistes anti-féodaux. Ils ne prétendaient pas, comme les théoriciens de la Révolution, refaire l'homme selon une conception et refondre la société de leur temps. Point de thèses stupides à la Jean-Jacques ; aucun rêve d'Arcadie, ni de phalanstère. Ils permettaient au monde de tourner, au Pape de bénir, au roi de régner, pourvu qu'ils eussent du travail rémunéré. Ils furent de vrais libres-penseurs, ils gardèrent la neutralité toutes les fois qu'on ne toucha pas aux colonnes du Temple, au boire et au manger. Leurs ancêtres spirituels avaient rêvé une Jérusalem nouvelle avec Godefroy de Bouillon et tenté, avec les Templiers, la conquête du monde par l'habile maniement de l'or. Livrés par la Papauté au bûcher de la monarchie, ils abandonnèrent le rêve sublime que reflètent nos chansons de geste, le rêve de Monsalvat que Wagner a formulé dans *Parsifal* au sens mystique et qui reproduit, si on y prend garde, la pensée majeure de Dante. Le grand drame d'Occitanie, qui se dénoua sous saint Louis par l'extermination, l'épopée de Monségur dont Savonarole fut le dernier écho, représentent l'agonie du mysticisme politique.

En France, l'infériorité intellectuelle de la noblesse s'étend jusqu'à la première campagne d'Italie et même un peu après. Des cloîtres de Charlemagne sortirent maçons et escribouilles, architectes et calligraphes, les ancêtres des grands constructeurs, des émailleurs et verriers. Ils se jetèrent dans toutes les aventures : croisades, sociétés secrètes, utopies idéalistes. Mais, au temps de Rabelais, après cinq siècles d'expériences douloureuses, ils renoncèrent aux mirages de la morale et de la justice, comme l'individu arrivé à l'âge mûr, ayant épuisé sa générosité, ne pense plus qu'à assurer la suite de sa vie. Ils bannirent donc de leurs dogmes la métaphysique et ne formèrent plus qu'un syndicat d'intérêts pratiques. Leurs mots de passe ne laissent aucun doute sur ce point : « Lanterne si el ? Bouteille ? » Ce qu'il faut lire : « Loin terre est ciel ? — Boute œil ! ». En langage moins bref : « Quels sont les rapports entre la terre et le ciel ? Que faut-il penser de Dieu, de l'âme ? » Réponse : « *Vas-y voir !* » Le royaume de Goula ou des gueules était ce monde et ses nécessités seules faisaient loi. Certes, la liberté de pensée ne sera jamais mieux promulguée. Aujourd'hui cette épithète désigne une secte très fanatique, d'un prosélytisme ardent, analogue à « Sois mon frère ou je te tue ». Alors, les dévôts de la lanterne, qui devint la potence en 93 (on connaît le cri « les aristocrates à la lanterne »), étaient monarchistes et prirent partout le parti de Rome contre la Réforme, en vertu de leurs besoins mêmes. Pour eux, le protestantisme, c'était la ruine. Messer Gaster, premier maître ès-arts du monde, architecte, sculpteur et peintre verrier, n'avait plus rien à faire dans le temple protestant il lui déclara une guerre économique.

Nous sommes ici dans les cryptes de l'histoire, et chaque assertion demanderait un chapitre de preuves. Il faut se borner à prouver l'ésotérisme de Rabelais et à en déterminer la nature. Lorsque Pantagruel (François Ier) et Panurge (type du Gouliard) délibèrent de visiter l'oracle de la dive bouteille, ils passent par le pays de Lanternoys, pour y prendre quelque docte et utile lanterne qui leur serait pour ce voyage ce que fut la Sibylle à Æneas. Carpalim (Diane de Poitiers) s'escria :

« Panurge, ho ! pren Millort Debitis à Calais, car il est good fallot, et n'oublie Debitoribus, ce sont lanternes. »

Debitoribus doit se lire *débiter des rébus*, c'est-à-dire employer une écriture figurée qu'on forme avec des objets réels et qu'on lit phonétiquement.

François Ier s'inquiète de ne parler bon lanternois. « Je le parlerai pour vous tous, dit Panurge, je l'entends comme le maternel. »

Les quatre vers qui suivent doivent se déchiffrer à la sémitique sans tenir compte des voyelles : i, j, x, u, v, se confondent.

« Comment, M. Panurge fit quinauld l'Anglais qui arguait par signes » contient tous les attouchements, signes et frappements des quatre degrés de la maçonnerie d'alors. Il faudrait dessiner les gestes pour en bien comprendre la succession. « Les matières sont tant ardues (dangereuses) que les paroles humaines ne seraient suffisantes (celles permises) à les expliquer à son plaisir. » On promet de rédiger par écrit ce que lui et Panurge ont dit et résolu, pour que ce soit imprimé. Quand Panurge baillant forme le Tau avec le pouce de sa main droite, Naz de Cabrie lève la main gauche en l'air et tient les doigts clos en son poing excepté le pouce et l'index, « desquels il accoubla mollement les deux ongles ensemble ». Or, ces signes se font encore tels quels. Est il nécessaire d'avertir que l'anglais en question n'est pas un fils d'Albion, mais un pair peintre anglé, un initié à la confrérie de l'Angle, un affilié de la corporation du bâtiment. J'attire l'attention des chercheurs sur le chapitre où Pantagruel trouve des mots de *gueules*, des mots de gouliards.

« C'était langage barbare ! Et on vit des paroles bien piquantes, des paroles sanglantes, lesquelles le pilote nous disait quelquefois retourner au lieu duquel étaient proférées, mais c'était la gorge coupée. » Ces paroles, qu'on n'entend pas, mais qu'on voit, sont des dessins coloriés, dérivés de l'héraldique, mais piquants et sanglants, c'est-à-dire blasonnant des personnages contemporains. Dans les monarchies absolues, la vie politique prend une intensité prodigieuse, j'entends la vie des intérêts ; on joue sa sécurité et sa tête à chaque coup, tandis, que, de nos jours, le plus grand risque se borne à passer du premier plan au second ; on ne perd que sa place.

A la fin de cette scène, Panurge s'écrie : « Plût à Dieu que ici, sans plus avant procéder, j'eusse le mot de la dive bouteille ! » En approchant du temple, ils virent, en la face de l'arc, ces deux vers inscrits :

Passant icy cette poterne,
Garny toy de bonne lanterne !

« A cela, dit Pantagruel, avons-nous pourvu, car en toute la région de Lanternois, n'y a pas meilleure et plus divine lanterne que la nôtre ».

La façon dont Bacbuc accoustra Panurge pour être mitré est le plus ancien prototype d'une réception maçonnique.

« Quand de la sacrée bouteille issit un bruit tel que fait un guarot desbandant l'arbaleste. Lors fut ouï ce mot : *Trinch!* » Trinquer! serait donc le mot de l'initiation : il pourrait être celui des repas maçonniques : mais, comme il faut rechercher ici les acceptions les plus populaires, l'ouvrier parisien dit : « Il a trinqué! » dans le sens d'écoper ou de participer, de payer sa part de casse et de responsabilité. De toute façon il faut séparer chaque lettre T, R, I, N, C, H, et lire : Tripe Regne Ire ; Nul Ciel Homme. *La Tripe règne par colère du ventre ; nul ciel pour l'homme.*

Il eût été fort dangereux d'écrire cela en langue vulgaire. Panurge estime que si la dive bouteille a laissé partir ce mot, c'est qu'elle perd. « Elle est, par la vertu Dieu, rompue ou fêlée ; ainsi parlent les bouteilles cristallines de nos pays, quand elles près du feu éclatent ».

Trinch est un mot panomphée (international)... « Roy sous le ciel tout puissant n'est qui puisse se passer d'autrui (des métiers)! pauvre n'est tant arrogant qui passer se puisse du riche (capital) (solidarité maçonnique) ».

Rabelais, après avoir donné telle quelle la profession de foi si terriblement négative des Lanternois qui ne s'éclairent qu'à la lumière de la nécessité, ajoute pour son compte :

« Allez, amis, en protection de cette sphère intellectuale de laquelle en tous lieux est le centre et n'a en lieu aucun circonférence que nous appelons Dieu. Et venus en votre monde (dans la vie sociale), portez témoignage que sous terre sont les grands trésors et choses admirables (doctrines de l'initiation); ce que du ciel vous apparaît et appelez phénomène, ce que la terre vous exhibe, n'est comparable à ce qui est caché en terre. Quand les anciens philosophes suppliaient l'Abscond, le Mussé, le Caché, à eux se manifester et descouvrir, leur eslargissant connaissance de soi et de ses créatures, estaient aussi conduits de bonne Lanterne, estimant deux choses nécessaires, guide de Dieu et compagnie d'homme... Allez, de par Dieu, prenants pour guide votre illustre

Dame Lanterne ».

La *donna delle mente*, la Béatrice devient Dame Lanterne, parmi les contemporains de Rabelais : mais le principe gibelin demeure aussi puissant. Celui qui étudie la sculpture ecclésiale du dixième au seizième siècle, constate avec effarement que le ciseau des tailleurs de figure dépasse en audace tout ce que l'imprimerie a mis en circulation. Toutefois cette satire pour une égratignure au clergé frappe mille coups sur le baron, qui a été la bête noire du clerc et de l'artiste en tout temps. Au reste, la liberté de pensée, que l'on confond avec celle de parler, fut toujours tolérée par l'Eglise, qui ne confondit jamais les libertins et les hérétiques. Elle a toléré les uns, tandis qu'elle exterminait les autres : et aujourd'hui encore un cardinal italien ou un simple curé français ne manifestera aucune acrimonie contre le libre-penseur : au contraire il fulminera contre un saint, si ce saint s'écarte un peu du catéchisme. Cet esprit de métier survit même à la foi, le catholicisme refuse impitoyablement le concours de quiconque tend à modifier la littéralité romaine, quitte à s'allier aveo l'athéisme qui, lui, n'élève point église contre église. Les Gouliards et les Lanternois n'étaient pas des hérétiques, mais seulement gastrolâtres, et eussent répondu à l'inquisition, comme Polyphème : « Je ne sacrifie que à moy (aux dieux poinct) et a cestuy ventre, le plus grand de tous les dieux ». Avec un pareil credo, on ne fait point de prosélytes, mais on fait la Révolution, et on s'ensevelit étourdiment sous les ruines de l'édifice social.

Rabelais lui-même nous avertit que la lecture de son livre « nous révélera de très hauts sacrements et mystères horrifiques tant en ce qui concerne notre religion que aussi l'état politique et vie économique ». L'historien de Thou l'avait bien compris. Je doute fort que la Société des études Rabelaisiennes s'aventure à déchiffrer gravement le rébus qui contient les secrets du grand fourmaçon, mais je signale au chapitre IX de

Gargantua, livre I: les couleurs et livrées de Gargantua. Elles sont blanc et bleu, le bleu assombri touche au noir et cela nous donne le Beaucéan des Templiers. L'auteur parle d'un Blason des couleurs, livre trépelu (œuvre d'un initié du troisième degré, très inférieur puisqu'il n'a que le carpal au-dessous de lui, et que le compagnon trespelu, sorte d'adjudant, n'arrivait jamais à la maîtrise). « Il a trouvé quelque reste de niais du temps des hauts bonnets, lesquels ont eu foy à ses écrits; et selon ceux, ont *taillé leurs apophtegmes et dits*, en ont enchevestré leurs mules, vestu leurs pages, écartelé leurs chausses, brodé leurs gants, frangé leurs lits, peint leurs enseignes, composé chansons ».

Ainsi, les broderies, les harnachements, tout ce qui est art décoratif était susceptible d'exprimer des dits et apophtegmes, et cette représentation par symbole se lisait phonétiquement puisque le blason servait à composer des chansons. Maître Alcofribas Nasier ne se borne pas là: il fournit des exemples de cette écriture héraldique et, d'après eux, on pourra commencer le déchiffrement.

En pareilles ténèbres sont compris ces glorieux de cour, et *transporteurs de noms* lesquels voulant en leurs devises signifier *espoir* font portroire une *sphère* (spès) ; des pennes d'oiseau pour peines et des forces (tenailles) se lisent : force peines.

— De l'*ancholie* pour *mélancholie* ; la *lune bicorne* pour vivre en *croissant* ; un *banc rompu* pour *banc route*, — *non et un balcret* pour non *durbabit*, un lit *sans ciel* pour *licencié*...

Par mêmes raisons, ferais-je peindre un panier, dénotant qu'on me fait pener. Et un pot a moutarde, que c'est mon cœur à qui moult tarde...

Les rebus des journaux illustrés font une suite puérile « à la façon de devises par les seules peintures dont parle le Seigneur des Accords et Richelet disant : « En rebus de Picardie, une faux, une estrille, un veau fait « estrille Fauveau ». Le rébus se mêle au calembour dont l'étymologie pourrait être : palanhourd.

Le palan se compose d'une poulie fixe et d'une poulie folle et le hourd est la béquille qui soutient un bateau à sec : la béquille du palan serait donc l'aide du couple maçonnique, avec deux lettres de prononciation changées. Rabelais nous avertit sous couleur d'érudition que la matière est d'importance :

Bien autrement faisaient en temps jadis les sages de l'Egypte, quand ils écrivaient par lettres qu'ils appelaient hiérolyphes lesquelles nul n'entendait qu'il n'entendit, et un chacun entendait qui entendit la vertu propriété et nature des choses par icelles figurées desquelles Orus Apollon a en grec composé deux livres et Polyphile au songe d'Amour en a davantage exposé.

Mais plus outre ne fera voile mon esquif entre ces gouffres et gués mal plaisants... Bien ai-je espoir d'en écrire quelque jour plus amplement et montrer quelles et quentes couleurs sont en la nature et quoi par chascune peut être désigné.

Ainsi averti, on doit commencer par le déchiffrement des noms propres. Gargantua (Louis XII) se lit « guère gain tu as ». Pantagruel (François Ier) : « Paix t'a guère été ». Il s'agit de la paix des Asturies. Panurge (peint rouge), c'est le maître pourple, l'escribouille, haut dignitaire de la maçonnerie, mais beaucoup des traits du héros sont pris du maréchal de Tavannes. C'est celui qui déroba les patenostres de la reine Eléonore et qui plaida contre elle en cour de Rome. Si le lecteur se souvient que l'apprenti se nommait alors Carpal, il lira Carpalim (carpal aime) et reconnaîtra Diane de Poitiers qui aima un homme du bâtiment, Philibert de l'Orme. Xénomane (qui se nomme Anne) cache Diane de Pisseleu. Jusqu'ici les commentateurs ont pris Carpalim et Xénomane pour des hommes, comme ils ont vu l'église romaine dans l'île Sonnante qui allégorise la fourmaçonnerie. Les Engastrimythes ne sont nullement des prélats, mais des divinateurs, chanteurs, amuseurs du simple peuple : sorciers, bateleurs, qui, sortis de la corporation, vivaient non d'un art, mais de la badauderie et de superstition contemporaine.

Les Gastrolâtres, ce sont les Gouliards du parti féodal, les dissidents, pour ainsi dire. En approfondissant Rabelais, on découvrira qu'il était, en qualité de Gouliard, partisan du catholicisme. Parpaillot a été donné à tort comme épithète protestante : parpaillot vient de parpaille ; farfaille, c'est l'antique papillon de Psyché.

Le Grand-Orient, en France, ne se doute guère de la vraie signification du sépulchre de Gaufre, ce sépulchre que le maçon construit depuis des siècles et que, sur la foi anglaise, on appelle le tombeau d'Hiram ! Comme le moule du bonnet est la tête, le sépulchre des gaufres est le ventre ! Ainsi les pompeuses traditions se résolvent en sinistres réalités. La nécessité est une muse autrement inspiratrice que la piété séculaire envers un architecte prêté par la Phénicie à Salomon, et le sépulchre à gaufres absorbe fort bien la chair humaine, comme la guillotine nous l'a montré. Tuer pour manger, voilà en sa concision extrême, le dernier mot des gueules : mais à aucune époque on ne mourut de faim aussi nombreusement que lors de la grande *ire* de Messere Gaster : car il n'a pas d'oreilles et n'entend aucune raison, même favorable. *Tripe règne ire* : la question de tripe une fois soulevée, tout devient inutile, même la religion qui cependant a pour objet d'humaniser le riche et de faire patienter le pauvre.

Qu'on ne cherche pas, chez Rabelais, de la magie, de l'ésotérisme au sens d'aujourd'hui : son œuvre est politique : il n'y est question que du sort de la France, soit extérieur, soit économique et sa doctrine se résumerait aisément à un socialisme monarchique. Il a pour grande préoccupation de diriger au mieux la famille Gouliarde que le mouvement de la réforme désorganisait. Comme grand dignitaire lanternois il se trouve également sollicité par Diane et par Catherine, chacune voulant mettre les corporations de son bord. A la naissance de Catherine les astrologues avaient déclaré qu'elle ferait le malheur du pays où elle irait par mariage : on ignore si Eléonore d'Autriche eut même présage à son berceau ; mais ces deux femmes furent néfastes à la France. Rabelais ne cesse de les attaquer, d'une façon héraldique. On sait que les tourtels ou pilules désignent les

Médicis par leur blason et que la sœur de Charles-Quint est reconnaissable dans « huistre, écaille, austricaille ».

Les tours de Castille désignent aussi Eléonore ; « Anguille aime », Angoulême, se rapporte forcément à François Ier. On devrait donc, pour expliquer Pantagruel, réunir d'abord sous ses yeux les blasons des personnages de son époque et faire attention aux figures que donnent les noms propres. Ainsi, pour appliquer ce système à notre époque, un petit chien la queue en trompette, un loubet désignerait le président de la République.

Le calembour figuratif, si clair pour les contemporains, s'obscurcit d'une géneretion à l'autre. Pour Rabelais le général Boulanger eût été un mitron ; M. Waldeck-Rousseau, de Bois Roux ; Chamberlain, le Chambrier ; Doumer, Dominique ; Méline, la noisette ; Zola, le gazon ; Sardou, le prêtre ; Jaurès, Jeoffrin. Cette façon, qui semble bien puérile aujourd'hui où on crie n'importe quoi à la face de n'importe qui impunément, était précieuse au temps où la langue trop hardie sortait tout à fait de la bouche, sous l'étreinte du chanvre, pour n'y plus rentrer.

Lorsque Epistemon revient de chez les morts, il raconte ce qu'il a vu : les plus illustres défunts réduits aux plus bas métiers : Romule, saulnier ; Numa, clouetier ; Cyre, vachier ; Themistocles, verrier ; Démosthènes, vigneron ; Artaxerces, cordier ; Ulysse, faucheur : Nestor, harpalleur ; Trajan, pêcheur de grenouilles ; Cambyses, muletier ; Néron, vielleux. Ces métiers posthumes ne sont pas distribués au hasard et, par l'étymologie argotique ou autre, tous se justifient. Dans ces indications forcément cursives, je dois cependant préciser la vraie matière de Pantagruel.

Très attaché à la maison de Valois et grand patriote, Rabelais détestait de tout son cœur Charles-Quint, cet illustre maniaque, qui fut inceste, peut être avec cette même sœur offerte, en 1530, contre la Bourgogne et l'Artois. Ce qui se passa dès la première nuit entre le roi chevalier et la flamande est tellement gaulois qu'il vaut mieux renvoyer au plaidoyer du sire de Humesveine contre le sire de B.-C.

Après l'action en divorce tentée à Rome, sans succès, par le roi chevalier, la sœur de Charles-Quint aurait dû, il semble, quitter la cour ; elle resta comme agent politique ; elle protégea à la fois le Concile de Trente et Catherine de Médicis. Cette néfaste flamande prend les traits du pourceau Mardi-Gras et de la sibylle de Panzost. Aucun roman ne présente la curiosité intense de la lutte entre l'Autrichienne, l'Italienne et la Française ; l'appui de l'Autrichienne, permit à Catherine de l'emporter sur Diane, en donnant l'or qui lui manquait. La Sénéchale pensait à rénover les droits d'Henri VIII à la couronne de France. Entre le parti espagnol et le parti anglais, la fourbamaçonnerie tint habilement la balance, mais finit par s'affirmer pour Rome et les Valois. Ce qui rend le Pantagruel difficile à interpréter, c'est que certains épisodes semblent favoriser, tour à tour, l'une ou l'autre sectes. Dans ce réseau d'intrigues, les *maîtres pourples* tenaient un rôle prépondérant : Philibert Delorme, amant de Diane, puis de Catherine, le Rosso, le Primatice, Jean Goujon. Sur les murs d'Anet et sur ceux du Louvre des emblèmes relatifs à la rivalité de la Médicis et de Diane se découvrent. Dans un passage que j'ai cité, Carpalim, l'amante du fourmaçon, dit : « Ho, Panurge, prend Milord Debitis à Calais, car il est good Fallot et n'oublie Debitoribus, ce sont lanternes. Ainsi aura et fallot et lanternes ! » Au plan de la Dame d'Anet. Mylord, c'est Henri VIII. Il s'agit donc de l'extinction des Valois : mais la reine Léonore suggéra sans doute à Catherine un conseil hardi. Grâce à la complicité de Philibert de l'Orme, un rapprochement eut lieu entre le roi et sa femme.

« Rebus ce sont lanternes. » Voilà ce qu'il faut retenir si on veut juger Rabelais autrement que ne l'a fait l'érudition antérieure. Et d'abord qu'on abandonne l'idée que l'auteur de *Pantagruel* est anti-catholique. Il rendit du reste un service signalé à l'Eglise en apportant au parti orthodoxe le formidable appoint des corporations dont il était, sinon le grand maître, l'un des grands maîtres. La critique officielle éprouve une répugnance invincible à admettre un sens caché aux textes et aux images. Ceux qui ont en main les complets matériaux de semblables recherches ne peuvent se départir des habitudes contemporaines, et, citoyens d'un pays où tout peut s'écrire impunément et où le scandale lui-même n'éveille aucun écho, ils oublient qu'au seizième siècle les choses en allaient autrement. Le libre parler date d'une trentaine d'années, et la moindre des audaces de Rabelais exprimée en langue vulgaire, comme la première nuit de François Ier et de Léonore, comme l'intrigue qui rapprocha un beau soir Henri II et Catherine de Médicis eût entraîné la question capitale ; il y eût joué sa tête doublement : si le pouvoir eût fait grâce, le pays de lanternois aurait puni aussi durement. Les gouliards ou goualeurs étaient trop *portés sur leurs gueules* pour laisser compromettre la sécurité de l'ordre par l'indiscipline et l'indiscrétion d'un membre, et n'aurait pas permis de révéler aux frêlons le secret de la naissance de François II.

La mort de Jean Goujon, comme la mort d'Henri II, un jour s'expliquera par des raisons extra-historiques, puisées dans l'histoire des Gaults, ou des coqs, ou des rouges, ou des parpaillots dont Rabelais fut un moment le chef, morigénant les fractions dissidantes, Engastrimythes et Gastrolâtres. En disant que les fils de Goula furent les ancêtres du socialisme, je dois observer qu'ils formaient une oligarchie démocratique, une élite des arts et métiers, et qu'ils ne défendaient rien autre que leur place dans l'Etat, avec une excellente raison puisqu'ils représentaient la civiisation véritable, celle qui survit à la cité et à la race. Bien leur a pris d'élire pour maître l'escribouille François Rabelais, qui les sauve de l'oubli. Non, le curé de Meudon n'est pas un truand de génie et l'Héraclite des lettres françaises : derrière son masque d'ivrogne, secache un homme d'Etat de la plus grande envergure. Il diriga longtemps les corporations avec une lucidité de premier ministre dans dans une époque troublée et encore obscure à nos yeux. Sa cryptographie mérite qu'on l'étudie : du même coup on éclaircira bien des points de l'histoire et de l'art. Les paroles gelées s'échaufferont aux mains attentives : et l'argot des peintres émailleurs livrera ses secrets. Il faudra bien qu'on s'aperçoive que la tour dans le rondeau que Panurge (Tavanne) adresse à la dame de Paris indique les tours de Castille du blason de la reine Éléonore ; que les tourteaux désignent Catherine, et Buzançay (besans six) Diane de Poitiers ; que les patenostres sont le monogramme de l'inceste, que « daim andouillé » se lit

« dame en deuil » et qu'enfin le drame auquel Rabelais a pris une part considérable aurait pu avoir pour dénouement l'extinction des Valois et faire passer la couronne de France à Henri VIII. La guerre des Andouilles qui se termina par le rapprochement d'Henri II et de Catherine, grâce à Philibert Delorme, est le dernier acte de la grande lutte entre notre pays et l'Angleterre.

Sans Rabelais, nous ne saurions pas à quelles étonnantes intrigues la France d'alors dut la conservation de son autonomie.

TABLE

OUVRAGES DU MÊME AUTEUR :

La Décadence latine (Ethopée)

I. LE VICE SUPRÊME (1884).
II. CURIEUSE (1885).
III. L'INITIATION SENTIMENTALE (1886).
IV. A CŒUR PERDU (1887).
V. ISTAR (1888).
VI. LA VICTOIRE DU MARI (1889).
VII. CŒUR EN PEINE (1890).
VIII. L'ANDROGYNE (1891).
IX. LA GYNANDRE (1892).
X. LE PANTHÉE (1893).
XI. THYPHONIA (1894).
XII. LE DERNIER BOURBON (1895).
XIII. FINIS LATINORUM (1898).
XIV. LA VERTU SUPRÊME (1900).
XV. « PEREAT ! » (1901).
XVI MODESTIE ET VANITÉ (1902).
XVII. PÉRÉGRINE ET PÉRÉGRIN (1904).
XVIII. LICORNE (1905).

Amphithéâtre des Sciences mortes

I. COMMENT ON DEVIENT MAGE (éthique), 8°, 1891.
II. COMMENT ON DEVIENT FÉE (érotique), 8°, 1892.
III. COMMENT ON DEVIENT ARTISTE (esthétique), 8°, 1894.
IV. LE LIVRE DU SCEPTRE (politique), 8°, 1895.
V. L'OCCULTE CATHOLIQUE (mystique), 8°, 1898.
VI. TRAITÉ DES ANTINOMIES (métaphysiques), 8°, 1901.
VII. LA SCIENCE ET L'AMOUR (en préparation).

Les Idées et les Formes

LA TERRE DU SPHYNX (Egypte), 1900.
LA TERRE DU CHRIST (Palestine) 1901.
LA TERRE D'ORPHÉE (Grèce) (sous presse).

La Décadence esthétique

(Les XXV ouvrages antérieurs de cette série sont épuisés).

L'ART OCHLOCRATIQUE, in-8°, 1888.

L'ART IDÉALISTE ET MYSTIQUE, in-8°, 1894.

LE THÉATRE DE WAGNER (les XII opéras, scène par scène), 1895.

LA RÉPONSE A TOLSTOÏ, in-18, 1898.

INTRODUCTION à l'histoire des peintres de toutes les écoles depuis les origines jusqu'à la Renaissance, avec reproduction de leurs chefs-d'œuvre et pinacograthie spéciale, in-4°, format de Charles Blanc : *L'Orcagna* et *l'Angelico*.

LES XI CHAPITRES MYSTÉRIEUX DU SEPHER BERESCHIT, 1894.

LA SCIENCE, LA RELIGION ET LA CONSCIENCE, 1893.

LE PROCHAIN CONCLAVE (instructions aux cardinaux), 1898.

SUPPIQUE AU PAPE POUR LE DIVORCE, 1904.

LA DERNIÈRE LEÇON DE LÉONARD DE VINCI, 1904.

ORIGINE ET ESTHÉTIQUE DE LA TRAGÉDIE, 1905.

EN PRÉPARATION

Tragédies : ORPHÉE, en cinq actes.
ANDROMÈDE, en trois actes.

Drames : LE MYSTÈRE DU GRAAL.
LE MYSTÈRE DE ROSE + CROIX.
MALATESTA ET ISOTTA.
CAGLIOSTRO.

LE SECRET DES TROUBADOURS.

DE PARSIFAL A DON QUICHOTTE.

www.ingramcontent.com/pod-product-compliance
Ingram Content Group UK Ltd.
Pitfield, Milton Keynes, MK11 3LW, UK
UKHW020320250726
13967UKWH00004B/1785